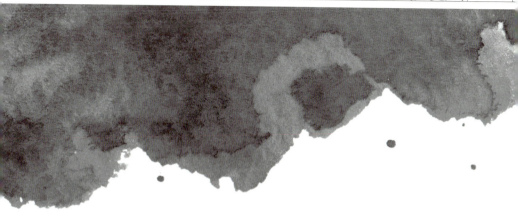

地毯的那一端

張曉風

那就是，我知道，
你必定和我一同前去。

目錄

有少作可悔，幸甚
——二〇一一年新版序

1

年少的時候，——啊！最近我常用這句話來開頭，這句話幾乎快變成我的口頭禪了。

嗯，年少的時候，我們如果罵什麼人或什麼事，想表明此事遙遙無期，毫無改善之可能，簡直等同於絕望，則會大嚷一聲：

「哼，那就等到民國一百年吧！」

我們那時以為民國一百年是永遠永遠等不到的邈遠的日子。倒不是在政治上對中華民國沒信心，而是覺得一百那個數字太大，大到跟我們不可能有關係。

可是，天哪！過著過著，宇宙間真的出現了一個民國一百年，這對我而言真是又驚又喜，比公元二千年還更覺不可思議。我能站在民國一百年的時間舞台上演出，委實是幸運到無法形容的幸運。老共不喜歡民國一百年，於是發明了「辛亥百年」的說法——不過，好吧！就算辛亥百年也是百年，百年可不是簡單的事情呢！

2

以上的話，都是我在校對《地毯的那一端》這本書的連帶感想。校對工作其實又煩又悶，哪有什麼心得可言？但看到某篇文章是民國五十一年寫的，屈指算來也竟半世紀了，真不得不暗自慶幸。如今的人個個壽攷，台灣女性平均壽命竟到八十二點五，我因拜「未夭」之賜，才有餘暇來整頓前半生的雪泥鴻爪，如果像袁子才說的，「韓蘇李杜從頭數，誰是人間七十翁」，那實在有點令人來不及去做某些事了。

《地毯的那一端》是大學畢業前、畢業後加新婚時期的作品，照我自己一磨三蹭的性子，大概不會想到那麼早就來結集出書。可是這其間卻因冒出一個熱心的「未來天才出版家」隱地，而使事情整個改觀。民國五十五年，他蒐集了十個年輕人的作品，做成專案，建議當時最旺氣的文星出版社的蕭孟能先生來出這批書。蕭先生讀了他拿來的稿件，百分之九十同意，只剔掉一件，他覺得那作者還太嫩，才高中。五十年後再回頭來看，其實證明隱地是對的，反而是蕭先生看走眼了，那個被他刪掉的名字是林懷民。

其他九個人是誰呢？算來除了我另外八人是

邵僩

康芸薇

葉珊（後來的筆名改成楊牧）

舒凡
江玲
隱地
劉靜娟
趙雲

當時余光中先生好像剛回國，他也熱心地跳下來幫忙打書，他把這套書的作者定位為「九個青青的名字」。啊，出書的感覺真不錯，尤其是在文星出，文星當年不管是出書或櫥窗布置都是文化界的地標。就連龍思良把「一籮筐真的生雞蛋」放在書店門口也是令大家覺得驚豔的創作。蕭先生請我們在「自由之家」喝下午茶，順便照個相，以便放在封底，（那年頭，大家自己拿得出來的照片都是板板的大頭照。）我記得攝影家是柯錫杰，但此事隱地最近去向柯錫杰求證，柯錫杰卻說沒印象，隱地也記得有照相的事，但他猜可能是龍思良，不料去求證另一人，得到的答案卻是根本沒有下午茶一事，而我們中間更另有一位卻已輕微失智了，原來當年那些事都如夢似幻難於覆述啊！但我卻又分明記得，我穿一件湖色帶白點的洋裝，裙子短短的，袖子卻極大，翩翩迎風。

3

我走進蕭先生的辦公室——文星當年我記得有三個據點，一是台銀總行隔壁的巷子，一在衡陽路三葉莊對面，一在峨嵋街。寫散文的張菱舲（大約三年前去世了）曾說：「哼，他們搬到哪，風水就跟著旺到哪！」——我去的是第一個地址，那裡似乎是他們的行政中心，是一處鬧中取靜、簡單明亮、樸素大方的辦公室，蕭先生操上海一帶口音，其本人則高大白皙溫文爾雅，他說：

「你的作品，我讀了，讓我想起泰戈爾和冰心——」

我一下子陷在「被識破」的震驚和喜悅裡，這一震，讓我簡直忘記我是為簽約而來的。我只想，啊！他怎麼竟知道？約，就隨便簽了，三千元賣了，其中還要扣一百五十元的稅，加上自己認購的一千元的書，所以實際上付的錢是一千八百五十元，現在看來有點像個笑話。

書既賣掉了，所以賠不賠賺不賺一概不干我事，但我還是好奇，大約在前三個月的時候，我每週都會跑去看銷售表，過了一陣子我大約知道暢銷的程度，領先的是我和葉珊，但因和金錢無關，所以只是「純關切」，只想知道，真有人在讀我嗎？

一位陌生女子的來信

褚威格（德）原著　沈櫻　譯

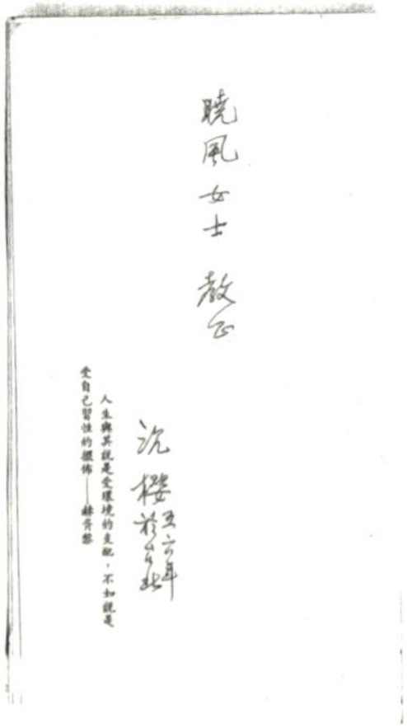

曉風女士　教正

沈櫻　五六年於台北

人生與其說是受環境的支配，不如說是受自己習慣的擺佈——赫胥黎

4

錢雖沒賺到，倒是發生了幾件好事，好事之一是文壇大老林海音寫信給我，那時代的大老很有大老風，常關懷晚輩，她對文星把此書歸為小說很驚奇，因為明明是散文嘛，（她不說，我也沒發現文星書訊上不合理的分類，也許是為了促銷。）但她的結語頗令我雀躍，她說，「算了，不管是小說是散文，反正，你織了一張好毯，我喜歡。」當時的沉櫻也給了我信，這兩人的字都漂亮，林的字疏朗流麗，沉的字則在秀逸外有一份國文老師的端雅（她在北一女教國文）。有一天我在林海音家中做客（那時她住在重慶南路的日式房子裡），有人打電話進來，也是文壇之人，林海音正忙著晚餐沒接電話，是小女兒代接代聊的，事後接電話的人向大家複述，來電者問家中如此熱鬧是幹嘛？有哪些人在場？知道有曉風在就說她也喜歡曉風。不料沉櫻聽了，撇嘴道：「哼，她也來喜歡曉風！」沉櫻其人質樸風趣直話直說，林海音則頗有「大姐頭」風，她便拉高嗓門說：「啊喲，就只准我們喜歡曉風，別人都不許嗎？」沉櫻也就笑了。現在回想起來，感到能為長輩愛寵，「幸福感」真的如暖裘環身，難以忘懷。

好事之二是民國五十五年出書，五十六年就得了中山文藝獎，據多年後我聽某王姓大老說，當時也是頗有一番爭執的。反對的人認為年輕小孩才出一本書，輪得到她嗎？贊成的人則認為用實力來比嘛，管她是誰。至於當年誰挺我、誰反我，感謝上帝我一無所知。不過現在我偶爾也做評審，評審會其實幾乎沒有不起爭執的。

好事之三是我在當年買了棟房子，在新生南路，價錢是二十一萬伍千，而獎金是五萬元，我差不多忽然付了四分之一的房貸，也真是傻人傻福。今天的國家文藝獎獎金雖高達一百萬，但絕不夠在台北買四分之一幢房子。

但壞事也有，不久後文星忽然收了，這麼大的店，說沒有就沒有了。我們的書被一位叫××帆的人拿去出版（不單我，許多文星的書，連余光中等人的大作也都被轉過去了），××帆那人我略有所聞，他當年牽在一件奇異的情死案裡。他是外省男人，他有個台籍女友，名叫×素卿，兩人因結不成婚相約去赴死，拿一條繩子綁兩個人一起跳下淡水河，怪就怪在女的死了，男的卻又爬上岸來了。事後研判似乎女的打的是死結，男的打的卻是活結，此人於是被判坐牢。但此刻，出獄後的他卻宣稱因為蕭孟能欠了他錢，所以他有權拿這些書來抵債，奇怪，蕭怎麼會欠××帆的錢呢？此事如果屬實，則我們作者的作品簡直是奴隸，可以在財主間拿來互相作抵押品！

除了在台灣被剝削，在香港居然也有位「文化界人士王×義」把文星的書拿去在香港盜版。王×義是僑生，自己也能寫，曾在台大讀外文系，回到香港則辦雜誌，盜台灣的書頗有些靠山吃山的味道，既然熟悉台灣文壇，不盜白不盜。而朋友們大多面皮薄，真要去開罵或上法庭也太撕破臉了，何況跨海打官司成本太高也落不到什麼便宜，加上在國際間台灣也常以盜版王國馳名，台灣作者被盜，人家也就沒有什麼同情心。

接著下來，就輪到大陸出版商來盜了。盜分兩路，一種是流寇，是游走型的，一種是山寨王，是正式的堂而皇之的出版社，兩者都吃定我們。

但如果無視自己的版稅方面的金錢損失，無視別人的霸凌無賴，則作品既已行遍天下，而自己也還沒有像杜甫那樣慘遭餓死，那就看開些吧！而香港的王×義的「盜版人生」也已在二年前草草落幕，那，也就一筆勾消算了吧！厚道的朋友不妨把他看作「為台灣文藝界作推廣工作並約定互不付費的人」。

寫作，哪能光想到版稅呢？孔子作《春秋》，好像什麼也沒有拿到呢！

只希望將來的作者不會再是遭人剝皮吸髓的人。

5

如果你要問我當年出書印象最深的事，說來也許你不信，居然是顏色。

那是一個晴好的下午，我騎腳踏車到文星在衡陽路的店，在店門口未上樓之前碰到三毛。二人手裡拿著的是同樣的東西，都是色樣——我拿的是紫色，她拿的是「橄欖綠」（亦稱「秋香綠」或「酪梨綠」），我的紫色是朋友陳驌幫忙調的，三毛則是為舒凡的書調的（那時候，她是舒凡的女朋友），那時她的生命中還沒有出現西班牙、荷西以及撒哈拉沙漠。文星版的書是素面的瘦長小開本（大約是十八點五公分×十一公分，但因當年字小，所以內容字數倒不比現在的大開本為少），封面上既沒有圖案，也沒有攝影，重點全在顏色，所以選色成了大事。我那時新婚不久，家裡全是紫色，也就把紫色延漫到新書的封面上去了。

而三毛調的顏色極其沉穩玄祕，她本人的打扮也一向美麗落拓而亮眼，那天陽光下她微笑和我打招呼，我隱約記得她上著一件極白的白衫，下繫一條華麗的彩裙，我們原是舊識，不久前她才為我畫了一幅結婚簽名綢，上面盛開著粉色的牡丹。此刻她的表情在羞怯中有幾分偷偷分享了男友榮耀的小女人的喜悅，卻又掩飾著，她的笑容看起來有點像十一歲小女孩的純真。啊，我說這些幹什麼呢？她離開人世已有二十年了，啊，那幽幽的沉沉的橄欖綠啊！那又馥郁又悵惘的顏色啊，那女子精緻的靈魂啊！

6

校對時有個地方常錯，我努力把它們都改了。不是我錯，我們同時代的人都常犯那個錯，那就是把「五節芒」（亦稱「菅芒」）誤為蘆葦了，那時代的「新移民」都搞不清楚其間的差別。

另外有幾個「代號」，過了近半世紀也不妨一一道破。

〈地毯的那一端〉中的「德」是我的丈夫林治平，所以用「德」，是因他在族譜中的名字是仲德。

在〈歸去〉中的「峙」也是他，取其和治字同音。

至於「依」，則是黃珍琪教授，她後來做到東吳經濟系主任，用「依」，是因她是天主教徒，長長的聖名中有個音是「依」。

「茅」是杜奎英教授的代號，他後來成了「依」的丈夫，卻不幸早逝，我在一篇〈半局〉中寫過他，他因常喜歡用他的東北國語說「什麼張阿貓、李阿狗的」，我便偷叫他「張阿貓、李阿狗」，「茅」其實是「貓」的諧音。

〈小小的燭光〉中的「桑先生」其實是戴桑先生，而「徐」則是徐世棠，他後來任職外貿協會，死於英國任上，我在〈再給我們講一個笑話吧！〉一文中寫了他。

〈細細的潮音〉中的「汪老師」是汪經昌，號薇史，死於香港，我在〈一半兒春愁一半兒水〉中寫過他，老師似乎是死於車禍的後遺症。

我後來經過香港時總是去美孚新村看看汪師母。猶記汪師母有一次很興奮，說：「唉呀，真好呀，我看了報，報上說你得了市長獎呀！」我楞了一下，奇怪，她說什麼呀？我又不是小學生，得什麼市長獎？後來想了半天，想通了，原來我得了吳三連文學獎，而在師母輕微失智的腦海中，吳三連仍是台北市長，她常跟我說：「有空就來坐啊，要知道，見一次就少一次囉！」而現在，我已經再也不能去會晤她了。

7

中國文化的傳統中難免有因「崇老」而「抑少」的現象，古人便有「悔其少作」的話，意思是指年老了，回頭去看自己年輕時的作品難免覺得幼稚不成熟，因而生悔心。我回頭校對自己，卻並不覺得有抱歉之必要，這倒不是傲慢，而是因為一生有點長，「行年五十，而知四十九之非」，同理，「行年九十，而知八十九之非」，一個人如果一路悔其前愆，那真要悔個不完了。我的想法相反，我很慶幸當年曾留下少作，且慶幸「步上紅毯」已成為一代語彙，在兩岸都成為「結婚」的代用語。

總之，有少作可供慚愧，也是好得無比的事啊！

曉　風

二〇一一・三

自序

——一九六六年《文星》版序

這是我的第一本書。

許多日子以來，無論走著坐著，那個意念總來干擾我，對我說：

「你就要出第一本書了。」

像一年半以前踏著音樂步入聖堂的那天一樣，我的心被快樂和莊嚴的感覺包圍著。

在這種年齡就把自己呈現給讀者，惶恐是免不了的。這些年來，我的作品極少。翻開剪貼簿，發現四年來總共也就只有這些篇數。很久以前，我就為自己訂下一個原則，除非深深感動了我的那些東西，我絕不去寫它。所以，這些作品容或缺少彩色，但絕不缺少誠懇。故此，我敢於把這本畫冊放在每一個發亮的玻璃櫥裡，以及每一顆仍然年輕的心裡。因為我的畫筆雖然拙劣，我所企圖表現的卻並不如此。

八年了，生活在線裝書的扉頁裡。前四年是中文系的學生，後四年是中文系的助教。讀中文給了我許多意想不到的享受，也給了我許多意想不到的負擔。

在這些偏安的日子裡，我們這一代居然沒有在學業上耽擱過什麼。學校坐落在外雙溪的山腳下，就著水聲，我可以安心地圈點四書五經，可以閒適地低吟詩詞歌賦，只是在這些美好的時光裡，我的心悲哀著。

記得那一天，在交通車裡，四月的稻香從玻璃窗外湧進來，我迷惘地問身旁的老教授：

「每一代都有每一代的文學，而我們這一代的文學是什麼呢？」

「沒有，我們這一代沒有文學！」

「我們總該有一個方向，是不是？」我說：「詩過去了，樂府過去了，詞過去了，曲過去了。如果我們不能挽回那個時代，什麼又是我們的方向呢？」

「這個，」他沉吟了一會，「我也正在想，我們要變。」

「如果將來的文學史，獨有我們這一代是一個空檔，別人可以不負責任，我們卻無以辭其咎！」

他點點頭，我知道，他的心裡有著同樣的沉重。

其實，我也可以不想這些問題的。我還這樣年輕，天下事無論如何是輪不到我來憂愁的。引一代文學為一己之咎，是未免太張狂了。但是天生成我有比別人熱的血，比別人敏感的心，遂使我不能不背負著這些神聖的憂愁。

只是我掙扎著（我知道有許多人也正在和我作同樣的掙扎），要把這一代年輕人的思想表現出來。讓人知道，中華民族的每一代都有血，都有淚，都有純潔的心跡和不朽的希望——他們並不見得只曉得通過松山機場或啟德機場去取得美國國籍。

將來的歷史怎樣描述我們這個離亂的時代，我們不知道。我們只知道盡一項義務——阻止他們把這個時代寫成一個死寂的時代。

在《新約聖經》裡，有這樣一段記載：

一個孩子，夾在五千名群眾裡聽耶穌的教訓，當長長的訓誨結束的時候，天色已經晚了，群眾無法在曠野裡找到什麼吃的，他們全都飢餓著，而家還在很遠以外的城鎮上。

那孩子於是獻出他所有的一口糧——五個麥餅、兩條小魚，耶穌接過那簡單的食物，擘開，分給眾人，他們就都吃飽了。

也許有人並不相信這個故事，五個餅、兩條魚分給五千名群眾是不生作用的。但我們卻不得不承認一件事實——當一個人的奉獻在物質之外還包含著他全部的熱愛時，其力量是足以排山倒海的。

這本小書在這個嗜血的世紀裡能顯出什麼的作用，似乎是很難猜的，但正如那個不知名的幼童一樣，我所獻出的已是我手中所有的了。這些字句也許只能稱為一抹淡淡的痕跡，但它足以說明曾有一個女孩子那樣熾烈地愛過這個世界。

仍然——一九七八年港版序

距離寫〈地毯的那一端〉一文，已經是十三年了，四千多個朝朝暮暮在眼底流逝，當我由於校對而重拾記憶時，我自己也為之驚訝了，夜燈下我驚顧四壁風聲，那個女孩在哪裡？

由於〈地毯的那一端〉是我一連串作品中的長子，我對它當初懷有的熱情是以後不再有的，書出之後，我下了班，總要到店中去問問銷售冊數——不是為錢（反正已經一次賣斷了），而是想知道有幾個人喜歡它。

那以後，出書對我而言就再不是激動的事，行年漸長，漸知道所謂毀譽不過是那麼回事，倒是對寫作的本身愈來愈能堅持其沉潛的熱度。

對於作品，我一向是喜新厭舊的，寫了就是寫了，我渴望能把精神上的「近照」呈現給讀者，但令我驚訝的是讀者們仍然不忘這本最初的小書。這件事，也許和它曾榮獲一九六七年中山文藝散文獎有關，但恐怕更可信的推測是，這是我大學前後的作品，是浪漫的，唯美的，有一種不成熟的激情，以及一股生澀照眼的青春。

也許由於作品中自敘性的內容，這本書的讀者也比較喜歡關懷我個人的生活，我願意簡述一則真實的小故事：

三年前，亦即我結婚十週年的前幾天，一個晚上，我前赴臺灣大學一個有關婚姻的座談會，會中，有一個紙條傳來這樣的問題：

「請問，是不是『貧賤夫妻百事哀』？」

「不是的，」我說，「請看我手上的戒指，已經戴了快十年了，當初只是九十塊錢買的（二元二角美金），鑽戒並不是結婚中必要的東西，如果你自己不覺得九十元的戒指寒傖，你就不寒傖了。我和我的丈夫結婚時，他是尚在讀研究所的研究生，我，是一個助教。錢差不多總是不夠用的，但也想不出自己缺乏過什麼。我們對自己有自信，對社會國家有自信，我們相信只要在奮鬥，總不會活不下去的！」

過了幾天，我接到一張賀卡，是那晚的一個聽眾寄來的，他沒有寫名字，只說「祝福那個戴著一枚九十元的戒指去結婚的新娘的十週年。」

我仍然在愛，仍然容易激動，仍然信任，並且，也仍在寫。

在香港版的《地毯的那一端》出版前夕，謹以此文交予基督教文藝出版社代序。

一九七七、十一

基督教文藝出版社
1978年1月 香港初版

文星書店
1966年8月初版

到山中去

德：

從山裡回來已經兩天了，但不知怎的，總覺得滿身仍有拂不掉的山之氣息。行坐之間，恍惚以為自己就是山上的一塊石頭，溪邊的一棵樹。見到人，再也想不起什麼客套辭令，只是痴痴傻傻地重複著一句話：「你到山裡頭去過嗎？」

那天你不能去，真是很可惜的。你那麼忙，我向來不敢用不急之務打擾你。但這次我忍不住要寫信給你。德，人不到山裡去，不到水裡去，那真是活得冤枉。

說起來也夠慚愧了。在外雙溪住了五年多，從來就不知道內雙溪是什麼樣子。春天裡每沿著公路走個半鐘點，看到山徑曲折，野花漫開，就自以為到了內雙溪。直到前些天，有朋友到那邊漫遊歸來，我才知道原來山的那邊還有山。

平常因為學校在山腳下，宿舍在山腰上，推開窗子，滿眼都是起伏的青巒，襯著窗框，儼然就是一卷橫幅山水，所以逢到朋友們邀我出遊，我總是推辭。有時還愛和人抬槓道：「何必呢？余胸中自有丘壑。」而這次，我是太累了、太倦了、也太厭了，一種說不出的情緒鼓動著我，告訴我在山那邊有一種神祕的力量，我於是換了一身綠色輕裝，登上一雙綠色軟鞋，擲開終年不離手的紅筆，跨上一輛跑車，和朋友們相偕而去。——我一向喜歡綠色，你是知道的，但那天特別喜歡，似乎是覺得那顏色讓我更接近自然，更溶入自然。

德，人間有許多真理，實在是講不清的。譬如說吧，山山都有石頭、都有樹木、都有溪流。但，它們是不同的，就像我們人和人不同一樣。這些年來，在山這邊住了這麼久，每天看朝雲、看晚霞、看晴陰變化，自以為很了解山了，及至到了山那邊，才發現那又是另一種氣象，另一種意境。其實，嚴格地說，常被人踐踏觀賞的山已經算不得什麼山了。如果不幸成為名山，被些無聊的人蓋了些亭閣樓臺，題了些詩文字畫，甚至起了觀光旅社，那不但不成其為山，也不能成其為地了。德，你懂我了嗎？內雙溪一切的優美，全在那一片未鑿的天真，讓你想到，它現在的形貌和伊甸園時代是完全一樣的。我真願作那樣一座山，那樣沉鬱、那樣古樸、那樣深邃。德，你願意嗎？

我真希望你看到我，碰見我的人都說我那天快活極了，我怎能不快活呢？我想起前些年，戴唱給我們聽的一首英文歌，那歌詞說：「我的父親極其富有，全世界在祂權下，我是祂的孩子——我掌管平原山野。」德，這真是最快樂的事了——我統管一切的美。德，我真說不出，真說不出。我幾乎感覺痛苦了——我無法表達我所感受的。我們照了好些相片，以後我會拿給你看，你就可以明白了。唉，其實照片又何嘗照得出所以然來，暗箱裡容得下風聲水響嗎？鏡頭中攝得出草氣花香嗎？愛默生說，大自然是一件從來沒有被描寫過的事物。可是，那又怎能算是人們的過失？用人的思想去比配上帝的思想，用人工去摹擬天工，那豈不是近乎荒謬的嗎？

這些日子，應該已是初冬了，那寧靜溫和的早晨，淡淡地像溶液般四面包圍著我們的陽光，只讓人想到最柔美的春天，我們的車沿著山路而上，洪水在我們的右方奔騰著，森然的亂石壘疊著。我從來沒有見過這樣急湍的流水和這樣巨大的石塊。而芒草又一大片一大片地雜生在小徑旁。人行到此，只見淵中的水聲澎湃，雪白的浪花綻開在黑色的岩石上。那種蒼涼的古意四面襲來，心中便無緣無故地傷亂起來。回頭看遊伴，他們也都怔住了。我真了解什麼叫「懾人心魄」了。

「是不是人類看到這種景致，」我悄聲問茅，「就會想到自殺呢？」

「是吧，可是不叫自殺——我也說不出來。有一年，我站在長城上，四野蒼茫，心頭就不知怎的亂撞起來，那時只有一個想法，就是跳下去。」

我無語痴立，一種無形的悲涼在胸臆間上下搖晃。漫野芒草淒然地白著，水聲低昂而愴絕。而山溪卻依然急竄著。啊，逝者如斯，如斯逝者，為什麼它不能稍一回顧呢？

扶車再行，兩側全是壁立的山峰，那樣秀拔的氣象似乎只能在前人的山水畫中一見。遠遠地有人在山上敲著石塊，那單調無變化的金石聲傳來，令我怵然以驚。有人告訴我，他們是要開一段梯田。我望著那些人，他們究竟知不知道外面的世界呢？當我們快被緊張和忙碌扼死的時候，當寬坦的街市上樹立著被速度造成的傷亡牌，為什麼他們獨有那樣悠閒的歲月，用最原始的鑿子，在無人的山間，敲打出遲緩的時鐘？他們似乎也望了望這邊，那麼，究竟是他們羨慕我們，還是我們羨慕他們呢？

峰迴路轉，坡度更陡了，推車而上，十分吃力，行到水源地，把車子寄放在一家人門前，繼續前行。陽光更濃了，山景益發清晰，一切氣味也都被蒸發出來。稻香撲人，真有點醺然欲醉的味道。這時候，只恨自己未能著一身寬袍，好兜兩袖素馨回去。路旁更有許多叫得出來和叫不出來的野花，也都曬乾了一身的露水，抬起頭來了。在別人看得見和看不見的山徑上揮散著它們的美。

漸漸地，我們更接近終點，我向幾個在禾場上遊戲的孩子問路，立刻有一個濃眉大眼的男孩挺身而出。我想問他瀑布在什麼地方，卻又不知道臺灣話要怎麼表達。那孩子用狡黠的眼光望了望我。「水牆，是嗎？我帶你去。」啊，德，好美的名詞，水牆。我把這名詞翻譯出來，大家都讚嘆了一遍。那孩子在前面走著，我們很困難地跟著他跑，又跟著他步過小河。他停下來，望望我們，一面指著路邊的野花蓓蕾對我們說：「還沒開，要是開了，你真不知有多漂亮。」我點頭承認——我相信，山中一切的美都超過想像。德，你信嗎？我又和那孩子談了幾句話，知道他已是小學五年級了。「你畢業後要升初中嗎？」他回過頭來，把正在嚼著的草根往路旁一扔，大眼中流露出一種不屑的神情：

「不！」德，你真不知道，當時我有多羞愧。只自覺以往所看的一切書本、一切筆記、一切講義，都在他的那聲「不」中被否認了。德，我們讀書幹什麼呢？究竟幹什麼呢？我們多少時候連生活是什麼都忘了呢！

我們終於到了「水牆」了。德，那一霎直是想哭，那種興奮，是我沒有經歷過的。人真該到田園中去，因為我們的老祖宗原是從那裡被放逐的！啊，德，如果你看到那樣寬、那樣長、那樣壯觀的瀑布，你真是什麼也不想了，我那天就是那樣站著，只覺得要大聲唱幾句，震撼一下那已經震撼了我的山谷。我想起一首我們都極喜歡的黑人歌：「我的財產放置在一個地方，一個地方，遠遠地在青天之上。」德，真的，直到那天我才忽然憬悟到，我有那樣多的美好的產業。像清風明月、像山松野草。我要把它們寄放在溪谷內，我要把它們珍藏在雲層上，我要把它們懷抱在深心中。

德，即使當時你胸中摺疊著一千丈的愁煩，及至你站在瀑布面前，也會一瀉而盡了。甚至你會覺得驚奇，何以你常常會被一句話騷擾。何以常常因一個眼色而氣憤。德，這一切都是多餘的，都是不必要的。你會感到壓在你肩上的重擔卸下去了，蒙在你眼睛上的鱗片也脫落了。那時候，如果還有什麼欲望的話，只是想把水面的落葉聚攏來，編成一個小筏子，讓自己躺在上面，浮槎放海而去。

那時候，德，你真不知我們變得有多瘋狂。我和達赤著足在石塊與石塊之間跳躍著。偶爾苔滑，跌在水裡，把裙邊全弄濕了，那真叫淋漓盡興呢！山風把我們的頭髮梳成一種脫俗的型式，我們不禁相望大笑。哎，德，那種快樂真是說不出來——如果說得出來也沒有人肯信。

瀑布很急，其色如霜。人立在丈外，仍能感覺到細細的水珠不斷濺來。我們撿了些樹枝，燃起一堆火，就在上頭烤起肉來。又接了一鍋飛泉來烹茶。在那陰濕的山谷中，我們享受著原始人的樂趣。火光照著我們因興奮而發紅的臉，照著焦黃噴香的烤肉，照著吱吱作響的清茗。德，那時候，你會覺得連你的心也是熱的、亮的、跳躍的。

我們沿著原路回來，山中那樣容易黑，我們只得摸索而行了，冷冷的急流在我們足下響著，真有幾分驚險呢！我忽然想起「世道艱難，有甚於此者」。自己也不曉得這句話是從書本上看來的，還是平日的感觸。唉，德，為什麼我們不生作樵夫漁父呢？為什麼我們都只能作暫遊的武陵人呢？

尋到大路，已是繁星滿天了，稀疏的燈光幾乎和遠星不辨。行囊很輕，吃的已經吃下去了，而帶去看的書報也在匆忙中拿去做了火引子。事後想想，也覺好笑，這豈是斯文人做的事嗎？但是，德，這恐怕也是一定的，人總要瘋狂一下荒唐一下、矯時干俗一下，是不是呢？路上，達一直哼著「蘇三起解」，茅喊他的秦腔，而我，依然唱著那首黑人名歌：「我的財產放置在一個地方，一個地方，遠遠地在青天之上：……。」

找到寄車處，主人留我們喝一杯茶。

「住在這裡怎樣買菜呢？」我問他們。

「不用買，我們自己種了一畦。」

「肉呢？」

「這附近有幾家人，每天由計程車帶上一大塊也就夠了。」

「不常下山玩吧？」

「很少，住在這裡，親戚都疏遠了。」

不管怎樣，德，我羨慕著那樣一種生活，我們人是泥作的，不是嗎？我們的腳總不能永遠踏在柏油路上、水泥道上和磨石子地上——我們得踏在真真實實的土壤上。

山嵐照人，風聲如濤。我們只得告辭了。順路而下，不費一點腳力，車子便滑行起來。所謂列子御風，大概也只是這樣一種意境吧？

那天，我真是極困乏而又極有精神，極渾沌而又極能深思。你能想像我那夜的晚禱嗎？德，從大自然中歸來，要堅持無神論是難的。我說：「父啊，讓我知道，你充滿萬有。讓我知道，你在山中，你在水中，你在風中，你在雲中。容許我的心在每一個角落向你下拜。當我年輕的時候，教我探索你的美。當我年老的時候，教我咀嚼你的美。終我一生，教我常常舉目望山，好讓我在困阨之中，時時支取到從你而來的力量。」

德，你願意附和我嗎？今天又是個晴天呢！風聲在雲外呼喚著，遠山也在送青了。德，撥開你一桌的資料卡，拭淨你塵封的眼鏡片，讓我們到山中去。

（一九六三、十二　中副）

晝晴

落了許久的雨，天忽然晴了。心理上就覺得似乎撿回了一批失落的財寶，天的藍寶石和山的綠翡翠在一夜之間又重現在晨窗中了。陽光傾注在山谷中，如同一盅稀薄的葡萄汁。

我起來，走下臺階，獨自微笑著、歡喜著。四下一個人也沒有，我就覺得自己也沒有了。天地間只有一團喜悅、一腔溫柔、一片勃勃然的生氣。我走向田畦，就以為自己是一株恬然的菜花。我舉袂迎風，就覺得自己是一縷宛轉的氣流。我抬頭望天，卻又把自己誤為明燦的陽光。我的心從來沒有這樣寬廣過，恍惚中憶起一節經文：「上帝叫日頭照好人、也照歹人。」我第一次那樣深切地體會到造物的深心，我就忽然熱愛起一切有生命和無生命的東西來了。我那樣渴切地想對每一個人說聲早安。

不知怎的，忽然想起住在郊外的陳，就覺得非去拜訪她不可，人在這種日子裡真不該再有所安排和計畫的。在這種陽光中如果不帶有幾分醉意，凡事隨興而行，就顯得太不調和了。

轉了好幾班車，來到一條曲折的黃泥路。天晴了，路剛曬乾，溫溫軟軟的，讓人感覺到大地的脈搏。一路走著，不覺到了，我站在竹籬面前，連吠門的小狗也沒有一隻。門上斜掛了一把小鈴，我獨自搖了半天，猜想大概是沒人了。低頭細看，才發現一個極小的銅鎖——她也出去了。

我又站了許久，不知道自己該往哪裡去。想要留個紙條，卻又說不出所以造訪的目的。其實我並不那麼渴望見她的。我只想消磨一個極好的太陽天，只想到鄉村裡去看看五穀六畜怎樣欣賞這個日子。

抬頭望去，遠處禾場很空闊，幾垛稻草疏疏落落地散布著。頗有些仿古製作的意味。我信步徐行，發現自己正走向一片廣場，黃綠不勻的草在我腳下伸展著，奇怪的大石在草叢中散置著。我選了一塊比較光滑的斜靠而坐，就覺得身下墊的，和身上蓋的都是灼熱的陽光。我陶然了許久，定神環望，才發現這景致簡單得不可置信——一片草場，幾塊亂石。遠處唯有天草相黏，近處只有好風如水。沒有任何名花異草，沒有任何仕女雲集。但我為什麼這樣痴騃地坐著呢？我是被什麼吸引著呢？

我悠然地望著天，我的心就恍然回到往古的年代，那時候必然也是一個久雨後的晴天，一個村野之人，在耕作之餘，到禾場上去曬太陽。他的小狗在他的身旁打著滾，弄得一身是草，他酣然地躺著、傻傻地笑著，覺得沒有人經歷過這樣的幸福。於是，他興奮起來，喘著氣去叩王室的門，要把這宗祕密公布出來。他萬沒有想到所有聽見的人都掩袖竊笑，從此把他當作一個典故來打趣。

他有什麼錯呢？因為他發現的真理太簡單嗎？但經過這樣多個世紀，他所體味的幸福仍然不是坐在暖氣機邊的人所能了解的。如果我們肯早日離開陰深黑暗的蟄居，回到熱熱亮亮的光中，那該多美呢！

頭頂上有一棵不知名的樹，葉子不多，卻都很青翠，太陽的影像從樹葉的微隙中篩了下來。暖風過處滿地團團的日影都欣然起舞。唉，這樣溫柔的陽光，對於庸碌的人而言，一生之中又能幾遇呢？

坐在這樣的樹下，又使我想起自己平日對人品的觀察。我常常覺得自己的浮躁和淺薄就像「夏日之日」，常使人厭惡、迴避。於是在深心之中，總不免暗暗地嚮往著一個境界——「冬日之日」。那是光明的，卻毫不刺眼。是暖熱的，卻不致灼人。什麼時候我才能那樣含蘊，那樣溫柔敦厚而又那樣深沉呢？「如果你要我成為光，求你讓我成為這樣的光。」我不禁用全心靈禱求：「不是獨步中天，造成氣焰和光芒。而是透過灰冷的天空，用一腔熱忱去溫柔一切僵坐在陰濕中的人。」

漸近日午，光線更明朗了，一切景物的色調開始變得濃重。記得嘗讀過段成式的作品，獨愛其中一句：「坐對當窗木，看移三面陰。」想不到我也有緣領略這種靜趣。其實我所欣賞的，前人已經欣賞了。我所感受的，前人也已經感受了。但是，為什麼這些經歷依舊是這麼深，這麼新鮮呢？

身旁有一袋點心，是我順手買來，打算送給陳的。現在卻成了我的午餐。一個人，在無垠的草場上，咀嚼著簡單的乾糧，倒也是十分有趣。在這種景色裡，不覺其餓，卻也不覺其飽。吃東西只是一種情趣，一種藝術。

我原來是帶了一本詞集子的，卻一直沒打開，總覺得直接觀賞情景，比間接的觀賞要深刻得多。飯後有些倦了，才順手翻它幾頁。不覺沉然欲睡，手裡還拿著書，人已經恍然踏入另一個境界。

等到醒來，發現幾隻黑色瘦脛的羊，正慢慢地嚙著草，遠遠的有一個孩子蹺腳躺著，悠然地嚼著一根長長的青草。我拋書而起，在草場上迂迴漫步。難得這麼靜的下午，我的腳步聲和羊群的嚙草聲都清晰可聞。回頭再看看那曲臂為枕的孩子，不覺有點羨慕他那種「富貴於我如浮雲」的風度了。幾隻羊依舊低頭擇草，恍惚間只讓我覺得牠們咀嚼的不只是草，而是冬天裡半發的綠意，以及荒場上無邊無際的陽光。

日影稍稍西斜了，光輝卻仍舊不減，在一天之中，我往往偏愛這一刻。我知道有人歌頌朝雲，有人愛戀晚霞。至於耀眼的日升和幽邃的黑夜都慣受人們的鍾愛。唯有這樣平凡的下午，沒有一點彩色和光芒的時刻，常常會被人遺忘。但我卻不能自禁地喜愛並且瞻仰這份寧靜、恬淡和收斂。我回到自己的位置坐下，茫茫草原，就只交付我和那看羊的孩子嗎？叫我們如何消受得完呢？

偶抬頭，只見微雲掠空，斜斜地排著。像一首短詩，像一闋不規則的小令。看著看著，就忍不住發出許多奇想。記得元曲中有一段述說一個人不能寫信的理由：「不是無情思，遶青江，買不得天樣紙。」而現在，天空的藍箋已平鋪在我頭上，我卻又苦於沒有雲樣的筆。其實即使有筆如雲，也不過隨寫隨抹，何嘗盡責描繪造物之奇。至於和風動草，大概本來也想低吟幾句雲的作品。只是雲彩總愛反覆地更改著，叫風聲無從傳布。如果有人學會雲的速記，把天上的文章流傳幾篇到人間，卻又該多麼好呢。

正在痴想之間，發現不但雲朵的形狀變幻著，連它的顏色也奇異地轉換了。半天朱霞，粲然如焚，映著草地也有三分紅意了。不仔細分辨，就像莽原盡處燒著一片野火似的。牧羊的孩子不知何時已把他的羊聚攏了。村裡炊煙裊升，他也就隱向一片暮靄中去了。

我站起身來，摸摸石頭還有一些餘溫，而空氣中卻沁進幾分涼意了。有一群孩子走過，每人抱著一懷枯枝乾草。忽然見到我就都停下來，互相低語著。

「她真有點奇怪，不是嗎？」

「我們這裡從來沒有人來遠足的。」

「我知道，」有一個較老成的孩子說：「他們有的人喜歡到這裡來畫圖的。」

「可是，我沒有看見她的紙和她的水彩呀！」

「她一定畫好了，藏起來了。」

得到滿意的結論以後，他們又作一行歸去了。遠處有疏疏密密的竹林，掩映一角紅牆，我望著他們各自走入他們的家，心中不禁憮然若失。想起城市的街道，想起兩側壁立的大廈，人行其間，抬頭只見一線天色，真彷彿置身於死蔭的幽谷了。而這裡，在這不知名的原野中，卻是遍地氾濫著陽光。人生際遇不同，相去多麼遠啊！

我轉身離去，落日在我身後畫著紅豔的圓。而遠處昏黃的燈光也同時在我面前亮起。那種壯麗和寒傖成為極強烈的對照。

遙遙地看到陳的家，也已經有了燈光，想她必是倦遊歸來了，我遲疑了一下，沒有走過去搖鈴，我已拜望過郊外的晴朗，不必再看她了。

走到車站，總覺得手裡比來的時候多了一些東西，低頭看看，依然是那一本舊書。這使我忽然迷惑起來了，難道我真的攜有一張畫嗎？像那個孩子所說的：「畫好了，藏起來了！」

歸途上，當我獨行在黑茫茫的暮色中，我就開始接觸那軸畫了。它是用淡墨染成的「晴郊圖」，畫在平整的心靈素宣上，在每一個陰黑的地方向我展示。

（一九六四、三、十一　中副）

最後的戳記

房間裡很擁擠，順著桌櫃往前走，我後面的同學推著我，我也推著前面的同學。我已經過了好幾個關口：報到了，填了註冊單，並且繳了學費，現在我正把選課卡遞了過去；辦事小姐抬起頭來和我打了個招呼，很親切地問我：

「都選嗎？」

「當然。」我怎能不全選呢？以後我再也沒有機會選課了。

我繼續往前走，又繳了一些零碎的錢，便開始辦借書證的手續，來到最後一個關口——查驗學生證。我從皮包中取出那精緻的小本子，紅色的封面雖然經過三年多的時間，依然保持它的鮮豔美麗。我翻開第一面，上面寫著我的姓名、籍貫和出生年月日，並貼著我高中時代的照片。那自然彎曲的短髮，那看來似乎和什麼人賭氣的神態，現在都令我懷念不已。而今而後，在人生的舞臺上，我再也不會戴這樣一張臉譜了。我又翻一頁，是記事欄，除了公車處蓋過一方「掛失有案」的圖案外，便空無所有了。接下去的一頁是註冊登記欄，上面有八個方格，分成兩列，是讓註冊組蓋章用的，每學期註冊的時候蓋一格，我已經蓋滿了七個格子，只剩下右下角的一個空格了。我平時很少注意這些瑣細事情，今天卻在異樣的心情下仔細地諦視了一番。這個圖章不大。只有兩公分見方，刻的是纖細的篆文，以前我為什麼不曾注意過呢？為什麼到今天我才這樣眷戀地看著它呢？為什麼到今天我才發現了不同的意義呢？

我想著，竟把伸到櫃臺上的手縮了回來。

「最後一個章了，」我對自己說，「這是最後一個章了！」

忽然，我感到一種前所未有的悲哀，莫名其妙地有著出去痛哭一場的衝動。茫茫然地，我走出了嘈雜的房間，獨自步向校園。早日的陽光照在草地上，那樣淡淡的、柔柔的陽光，把景物襯托得肅穆而清麗。我隨便擇了一處草厚的地方坐下，對著溪水，對著青山，竟一點也得不著寧靜，我深深地吸了一口氣，把頭埋在雙臂中，我什麼也看不見了，除了那一片草皮，那生長在我足旁的草皮。但我還是看到那紅色的小本子，以一種倔強的姿態躺在草上，那紅色刺著我的眼，我的心。我禁不住又把它翻開，我又看到那七個印記了。七個精巧的朱紅色的印記，在我眼前跳躍著，我的心感到異樣的傷痛，我不禁有些恨自己了。真的，何以當別人慶幸自己即將畢業的時候，我卻難過起來？

第一個章，我回想起來了，那是三年前的夏天，那充滿了興趣和膽怯的一天，當我接過這本小冊子的時候，展布在我面前的是怎樣綺麗的遠景啊！記得有一句話說：「大學就是一個你進去時，自以為什麼都知道，畢業時才了解自己什麼都不知道的地方。」然而那時候，我並不曾覺得自己什麼都懂，如今更覺得一無所知了。何以我被安排要走在這條尋索學問的路上呢？這原是一條沒有盡頭的路啊！

第二個章蓋在四十八年（一九五九）的二月裡，輕淡地模糊地表示著一片平淡、朦朧而又恬美的生活；第三個章開始，我便在學校裡領取自助金和其他獎學金了。回憶起來未始不是一樁艱苦的奮鬥，我不只一次地站在布告牌前，仰望自己是否出現在那幸運的名單裡。我總是被一大群人擋住了，根本看不到任何名字，大約每次都是別人替我看到的。好幾次都有朋友拍著我的肩膀，或拉著我的長髮，叫道：「恭喜啊，你得到了！什麼時候請客呢？」那時我會快樂地流下淚來，我會找到安靜的一角，坐下來，感謝那位給了我機會又給了我智慧的天父，也很自然地想到我的父母，以及許多關切我、期望著我成功的人，因而覺得自己到底做了一件對得起人的事。在那有限的金錢中，我領受了無限的快樂。

我用那筆錢來買書，好讓許多先哲的思想進入我的心中；我用它來買文具，好讓我的思想流入別人的心中；我用它買我自己所喜愛的東西，因為我從來不覺得死守著一份錢財會有什麼好處。此外，剩下的一點數目，我使用它買一些親友們所喜愛的東西，或是給父親一本書，給母親一枚胸針，給弟弟妹妹的鋼筆、玩具，或是給朋友的生日卡片，因為當笑容從別人面上閃亮的時候，我心頭的明鏡便也映出快樂的形像。

從那平整的印記中，我彷彿又看到平整的校舍，何等巍峨莊嚴的一座大樓啊！這是我完成一百六十九個學分的地方！我心怦然，一種肅穆而神聖的思想在我胸中升起，我不知道是哪些人的血汗錢集募起來建造了這所大樓，但我知道，總有那樣一批人。我不知道是誰設計出它，誰堆砌成它，但我也知道，總有那樣一批人。我，一個沒有長處也沒有優點的人，上天何其鍾愛我，讓那麼多我所不曾謀面、不知名姓的人，助我完成了學業。是的，這只是七枚小小的印記，但隱含著多少人的愛與關切啊！

我的眼前似乎仍浮著那平整的大樓，大樓的右側是院長的辦公室。好幾次我站在他的辦公桌前，好像我們不是師生，而是朋友，我們的談話往往持續到電話鈴響了，他不得不和別人答話時為止。在這學校裡，我得到了許多大學教本上的知識，更得到了一些書本外的學問。有一位同學說：「這是我們的黃金時代！」是的，使我們的日子得以稱為黃金時代的，便是這些學者腦中閃爍的智慧！

大樓第三層，靠中央部分的一間房子，便是我的教室。我們班上只有十一個人，上課的時候，我們比龐大的學校或龐大的班級舒服得多，教授可以徵詢我們每一個人的意見，我們也可以感覺到自己的存在，以及自己的重要性。逢到上「詩選」時，我們就做對子或聯句。那情景不像是上課，倒像是什麼詩人大會似的。記得有一次做「秋興」的詩，有同學吟了一句：「飄萍何所託？」教授說：「太蕭颯了！」我忽然想起一句：「傲菊乃相宜」，便對上去了，教授大為高興。句子雖然談不上好，卻也頗能見志。如果有一天我老了，回憶起少年狂態，這件事當可算做資料之一吧。

在教室裡有時也有很痛苦的時候，好幾次我抱病上課，感到眩暈而驚悸，但我非不得已，絕不請假，一則我不願意錯過任何聽講的機會，二則我太重視出席全勤的那份榮譽。我感謝上帝，他給了我一宗最大的財富——健全的腦子，健全的理性，和健全的身體，我從來沒有生過比感冒更嚴重的病，而當我病的時候，他更給我足夠的支持力，讓我向上的意志不曾仆倒過。

教學大樓的右邊是活動中心，在那裡我也有著我另一面的絢麗生活。我雖然從小好靜，不愛活動，唯一的消遣就是躺在床上看小說或聽唱片。但這幾年來，我也被強迫地活動了一下，我發覺一個人固然可以從有興趣的活動中領受益處，卻也往往從沒有興趣的活動中得到經驗。我曾為社團活動奔走過，疲乏過，抱怨過，但當一切過去了，我仍然成為我的時候，我悟出那「畢竟為別人做了一點事」的快樂。

在圖書館裡是最美的時光了，我常在那裡讀書或寫稿，不時停下來看看四壁圖書，而興「生也有涯，知也無涯」的警覺；有時更無所事事地坐著，把玩一朵小野花，看白雲從長窗外的藍天展翼而過，心底湧起無言的喜悅，人生是何等地美，何等地有希望，何等地值得眷戀珍惜！

大樓的正後方，相去百級石梯的地方，聳立著女生宿舍。在風雨的夜裡，我未始不覺得它正像一個家。沒有事的時候，我總愛坐在桌前向窗外眺望。因為地勢高，一帶禾田和村落都盡收眼底。我想，如果我是一個教育家，我也要把我的學校建在稻田之前，讓學生們自己去發現細嫩的秧苗怎樣結出了茁壯的穗子，讓他在無言中憬悟出自己應該如何去完成他的學程。村落外有一座不太高的山，看來彷彿伸手可及，曾讀摩詰「好倚磬石飯」的句子，總覺得那平平的小山也應該可以搬過來作為餐桌。小山之外，還有好幾疊山峰，其中有一座特別秀拔的，常在夕陽的返照下，幻出一片淡紫的霞光，讀外文系的輝，竟把它擬作希臘神話中諸神會聚的奧林帕斯山呢！

回想起來，這是多好的生活，一個人若是一生都能過著我這三年多來的生活，真該心滿意足了！

我在草上坐著、想著，又快樂、又慚愧，我從別人支取了如許之多，現在，當最後一個註冊章蓋下去的時候，我便被認為是前腳已經跨出校園的「準畢業生」了。我能對這個培養我的社會盡什麼責呢？我能對養育我的父母報什麼恩呢？我能使看重我的師長如願嗎？我能否站起來，做一個對得起自己的人呢？

草場上的陽光漸漸冷卻了，我便拾起那本小冊子回到註冊處去。方才擁擠的人潮散去了，房間裡很冷清，辦事的職員已在收拾雜物，準備離去。我逕自走向繳檢學生證的地方——踏著穩定的步子。辦事的先生把圖章在印泥上捺了一下，從我手裡接過學生證，放正了，便按了下去，他在四周壓了又著力在中央部分壓了一下，然後才抬起手來，看看那清晰的戳記滿意地微笑了。

「最後一個章呢！」他遞還給我，「當然得蓋得特別好，你看，八個章，整整齊齊地，多好！」

「是的。」我感激地看他一眼，便再也說不出什麼話了。

通往宿舍的路上，兩側開滿了雜色的杜鵑，我感到自己心裡也有一朵花，在歡欣的希望中慢慢地綻開了。

「我的主，」我抬頭望著藍寶石般的晴空，心裡默默地禱告：「但願在你那本美麗無比的生命冊上，我的名字下也蓋滿了許多整齊而又清晰的戳記，表示你對我完成之事的嘉許，當我走完一生路程的時候，當你為我蓋下最後的戳記的時候，求你讓我知道，我曾完成一段圓滿的人生！」

（一九六二、三、十九　中副）

綠色的書簡

梅梅、素素、圓圓、滿滿、小弟和小妹：

當我一口氣寫完了你們六個名字，我的心中開始有著異樣的感動，這種心情恐怕很少有人會體會的，除非這人也是五個妹妹和一個弟弟的姐姐，除非這人的弟妹也像你們一樣惹人惱又惹人愛。

此刻正是清晨，想你們也都起身了吧？真想看看你們睜開眼睛時的樣子呢！六個人，剛好有一打亮而圓的紫葡萄眼珠兒，想想看，該有多可愛——十二顆滴溜溜的葡萄珠子圍著餐桌，轉動著、閃耀著，真是一宗可觀的財富啊！

現在，太陽升上來，霧漸漸散去，原野上一片渥綠，看起來綿軟軟地，讓我覺得即使我不小心，從這山上摔了下去，也不會擦傷一塊皮的，頂多被彈兩下，沾上一襪子洗不掉的綠罷了。還有那條繞著山腳的小河，也泛出綠色了，那是另外一種綠，明晃晃的，像是抹了油似的，至於山，仍是綠色，卻是一堆濃鬱鬱的黛綠，讓人覺得，無論從哪裡下手，都不能撥開一條小縫的，讓人覺得，即使刨開它兩層下來，它的綠仍然不會減色的。此外，我的紗窗也是綠的，極淺極淺的綠，被太陽一照，當真就像古美人的紗裙一樣縹緲了。你們想，我在這樣一個染滿了綠意的早晨和你們寫信，我的心裡又焉能不充溢著生氣勃勃的綠呢？

這些年來我很少和你們寫信，每次想起來心中總覺得很愧疚，其實我何嘗忘記過你們呢？每天晚上，當我默默地說：「求全能的天父看顧我的弟弟妹妹。」我的心情總是激動的，而你們六張小臉便很自然地浮現在我腦中，每當此際我要待好一會才能繼續說下去。我常想要告訴你們，我是如何喜歡你們，儘管我們拌過嘴，打過架，賭咒發誓不跟對方說話，但如今我長大了，我便明白，我們原是一塊珍貴的綠寶石，被一雙神奇的手鑿成了精巧的七顆，又繫成一串兒。弟弟妹妹們，我們真該常常記得，我們是不能分割的一串兒！

前些日子我曾給媽媽寄了一張畢業照去，不知道你們看到沒有，我想你們對那頂方帽子都很感興趣吧？我卻記得，當我在照相館中換上了那套學士服的時候，眼眶中竟充滿了淚水。我常想，奮鬥四年，得到一個學位，混四年何嘗不也得一個學位呢？所不同的，大概唯有冠上那頂帽子時內心的感受吧！我記得那天我曾在更衣鏡前痴立了許久，我想起了我們的祖父，他趕上一個科舉甫廢的年代，什麼功名也沒有取得；我也想起了我們的父親，他是個半生戎馬的軍人，當然也就沒有學位可談了。而我何幸成為這家族中的第一個獲得學士學位的人？這又豈是我一人之功，生長於這種亂世，而竟能在免於凍餒之外，加上進德修業的機會，上天何其鍾愛我！

我不希望這是我們家僅有的一頂方帽子，我盼望你們也能去爭取它。真盼望將來有一天，我們老了，大家把自己的帽子和自己的兒孫的帽子都陳設出來，足足地堆上一個屋子。（記得嗎？「一屋子」是我們形容數目的最高級形容詞。有時候，一千一萬一億都及不上它的。）

在那頂方帽子之下，你們可以看到我新剪的短髮，那天為著照相，勉強修飾了一下，有時候，實在亂得不像樣，我卻愛引用甘迺迪總統在別人攻擊他頭髮時所說的一句話，他說：「我相信所以治理國家的東西，是長在頭皮下面，而不是上面。」為了這句話，我就愈發忘形了，無論是哪一種髮式，我很少把它弄得服貼過，但我希望你們不要學我，尤其是妹妹們，更應該時常修飾得整整齊齊，婦容和婦德是同樣值得重視的。

當然，你們也會看到在頭髮下面的那雙眼，儘管它並不晶瑩美麗，像小說上所形容的，但你們可曾在其中發現一絲的昏暗和失望嗎？沒有，你們的姐姐雖然離開家，到一個遙遠的陌生地去求學，但她從來沒有讓目光下垂過，讓腳步頹唐過，她從來不沮喪，也不灰心，你們都該學她，把眼睛向前看，向那無比遠大的前程望去。

你們還看見什麼呢？看到那件半露在學士服外的新旗袍了吧？你們同學的姐姐可能也有一件這樣的白旗袍，但你們可以驕傲，因為你們姐姐的這一件和她們有所不同，因為是我用腦和手去賺得的，不久以後你們會發現，一個人靠努力賺得自己的衣食，是多麼快樂而又多麼驕傲的一件事。

最後，你們必定會注意到那件披在外面，寬大而嚴肅的學士服，愛穿新衣服的小妹也許很想試試吧？其實這衣服並不好看，就如獲得它的過程並不平順一樣，人生中有很多東西都是這樣的。美麗耀眼的東西在生活中並不多見，而獲得任何東西的過程，卻沒有不艱辛的。

我費了這些筆墨，我所想告訴你們的豈是一張小照嗎？我渴望讓你們了解我所了解的，付上我所付上的，得著我所得著的，我企望你們都能趕上我，並且超越我！

梅梅也許是第一個步上這條路的，因為你即將高中畢業了，我希望你在最後兩個月中發憤讀點書。我一向認為你是很聰明的，也許就因為聰明的緣故，你對教科書絲毫不感興趣。其實以往我何嘗甘心讀書，我是寧願到校園中去統計每一朵玫瑰花的瓣兒，也不屑去作代數習題的。但是，妹妹，無論如何，我們不能勉強每一件事都如我們的意，我們固然應該學我們所愛好的東西，卻也沒有理由摒棄我們所不感興趣的東西。我知道你也喜歡寫作的，前些日子我偶然從一個同學的剪貼簿上發現我們兩個人的作品，私心竊喜不已，這證明我們兩人的作品不但被刊載，也被讀者所喜愛，我為自己欣慰，更為你欣慰，你是有前途的，不要就此截斷你上進的路。大學在向你招手，你來吧，大學會訓練你的思想，讓你通過這條路而漸漸臻於成熟和完美。

素素讀的是商職，這也是好的，我們家的人都不長於計算，你好好地讀，倒也可以替大家出一口氣。最近家中的芒果和橄欖都快熟了，你一向好吃零食，小心別又弄得胃痛了。你有一個特點，就是喜歡漂亮的衣服，其實這也不算壞事，正好可以補我不好打扮的短處，只是還應該把自己喜歡衣服的心推到別人身上去，像杜甫一樣，以天下的寒士為念。再者，將來你不妨用自己的努力去換取你所心愛的東西，這樣，正如我剛才所說的，你不但能享受「獲得」的喜悅，還能享受「去獲得」的喜悅。

圓圓，你正是十四歲，我很了解在這種年齡的孩子，這一段日子是最不好受的了，自己總弄不清楚該算成人還是小孩，不過，時間自會帶你度過這個關口。你的英文和數學總不肯下工夫，這也是我的老毛病，如今我漸漸感到自己在這方面吃了不少的虧，你才初二，一切從頭做起，並不為晚，許多人一生的資源，都是在你這種年齡的時候貯存的。我知道，你是可造之才，我期待著看到你成功，看到你初中畢業、高中畢業、大學畢業……，你小時候，我的同學們每次看到你便喜歡叫你「小甜甜」，我希望你不僅讓別人從你的微笑裡領到一份甜蜜，更該讓父母和一切關切你的人，從你的成功而得到更大的甜蜜。

至於滿滿，你才讀小學四年級，我常為你早熟的思想擔憂。五歲的時候，你畫的人頭已不遜於任何一位姐姐了，六歲的時候，居然能用注音字母拼著編出一本簡單的故事，並且還附有插圖呢！你常常恃才不好讀書，而考試又每每名列前茅。其實，我並不欣賞你這種成功，我希望每一個人都盡自己的力，不管他的才分如何，上天並沒有劃定一批人，准許他們可以單憑才氣而成功。你還有一個嚴重的缺點，就是好勝心太強，不管是吃的、是穿的、是用的，你從來不肯輸給別人，往往為了一句話，竟可以負氣忍一頓餓，記得我說你是「氣包子」嗎？實在和人爭並不是一件好事，原來你在姐妹中可以算作最漂亮的一個。可是你自己那副惡煞的神氣，把你的美全破壞了。漸漸的，你會明白，所謂美，不是尼龍小蓬裙所能撐起來的，也不是大眼睛和小嘴巴所能湊成的，美是一種說不出的品德，一種說不出的氣質。也許現在你還不能體會，將來你終會領悟的。

弟弟，提起你，我不由得振奮了，雖說重男輕女的時代早已過去，但你是我們家唯一的男孩，無論如何，你有著更重要的位置。最近你長胖一點了吧？早幾年我們曾打過好幾次架，也許再過兩年我便打不過你了。在家裡，我愛每一個妹妹，但無疑的，我更期望你的成功。我屬蛇，你也屬蛇，我們整整差了一個生肖，我盼望一個弟弟，盼望了十二年，我又焉能不偏疼你？當然我的意思並不是說我要對你寬大一點，相反地，我要嚴嚴地管你，緊緊釘你，因為，你是唯一繼承大統的，你只能成功，不能失敗。

我們常愛問你長大後要做什麼，你說要沿著一條街蓋上幾棟五層樓的百貨公司，每個姐妹都分一棟，並且還要在陽臺上搭一塊板子，彼此溝通，大家便可以跳來跳去地玩。你想得真美，弟弟，我很高興你是這樣一個純真可愛、而又肯為別人著想的小男孩。

你也有缺點的，你太好哭了，缺乏一點男孩子氣，或許是姐妹太多的緣故吧？梅姐曾答應你，只要你有一週不哭的紀錄，便帶你去釣魚，你卻從來辦不到，不是太可惜嗎？弟弟，我不是反對哭，英雄也是會落淚的，但為了丟失一個水壺而哭，卻是毫無道理的啊！人生的路上荊棘多著呢，那些經歷將把我們刺得遍體流血，如果你現在不能忍受這一點的不順，將來你怎能接受人生更多的磨練呢？

最後，小妹妹，和你說話真讓我困擾，你太頑皮，太野，你真該和你哥哥調個位置的。記得我小時候，總是梳著光溜溜的辮子，坐在媽媽身邊，聽七個小矮人的故事，你卻愛領著四鄰的孩子一同玩泥沙，直弄得混身上下像個小泥人兒，分不出哪是眉毛，哪是臉頰，才回來洗澡。我無法責備你，你總算有一個長處——你長大以後，一定比我活潑，比我勇敢，比我能幹。將來的世代，也許必須你這種典型才能適應。

你還小，有很多話我無法讓你了解，我只對你說一點，你要聽父母和老師的話，聽哥哥姐姐的話，其實，做一個聽話者比一個施教者是幸福多了，我常期望仍能縮成一個小孩，像你那樣，連早晨起來穿幾件衣服也不由自己決定，可惜已經不可能了。

我寫了這樣多，朝陽已經照在我的信箋上了，你們大概都去上學了吧？對了，你們上學的路上，不也有一片稻田嗎？你們一定會注意到那新稻的綠，你們會想起你們的姐姐嗎？——那生活在另一處綠色天地中的姐姐。那麼，我教你們，你們應該仰首對穹蒼說：「求天父保佑我們在遠方的曉姐姐，叫她走路時不會絆腳，睡覺時也不會著涼。」

現在，我且託綠衣人為我帶去這封信，等傍晚你們放學回家，它便躺在你們的書桌上了。我希望你們不要搶，只要靜靜地坐成一個圈兒，由一個人讀給大家聽。讀完之後，我盼望你們中間某個比較聰明的會站起來，望著庭中如蓋的綠樹，說：

「我知道，我知道曉姐姐為什麼寫這封信給我們，你們看，春天來了，樹又綠了，曉姐姐要我們也像春天的綠樹一樣，不停地向上長進呢！」

當我在逆旅中，遙遙地從南來的薰風中辨出這句話，我便要擲下筆，滿意地微笑了。

（一九六二、二、廿六　中副）

回到家裡

去年暑假，我不解事的小妹妹曾悄悄地問起母親：「那個曉姐姐，她怎麼還不回她臺北的家呢？」

原來她把我當成客人了，以為我的家在臺北。這也難怪，我離家讀大學的時候，她才三歲，大概這種年齡的孩子，對於一個每年只在寒、暑假才回來的人，難免要產生「客人」的錯覺吧！

這次，我又回來了，回來享受主人的權利，外加客人的尊敬。

三輪車在月光下慢慢地踏著，我也無意催他。在臺北想找一個有如此雅興的車夫，倒也不容易呢。我悠閒地坐在許多件行李中間，望著星空，望著遠處的燈光，望著朦朧的夜景，感到一種近乎出世的快樂。

車子行在空曠的柏油路上，月光下那馬路顯得比平常寬了一倍。濃郁的稻香飄盪著，那醇厚的香氣，就像有固著性似的，即使面對著一輛開過來的車子，也不會退卻的。

風，有意無意地吹著。忽然，我感到某種極輕柔的東西吹落在我的頸項上，原來是一朵花兒。我認得它，這是從鳳凰木上落下來的，那鮮紅的花瓣，讓人覺得任何樹只要拚出血液來凝成這樣一點的紅色，便足以心力交瘁而死去了。但當我猛然抬首的當兒，卻發現每棵樹上竟都聚攢著千千萬萬片的花瓣，在月下閃著璀燦的光與色，這種氣派絕不是人間的！我不禁痴痴地望著它們，夜風裡不少花瓣都辭枝而落，於是，在我歸去的路上便鋪上一層豪華美麗的紅色地毯了。

車子在一家長著大榕樹的院落前面停了下來，我遞給他十元，他只找了我五元就想走了；我不說什麼，依舊站著不動，於是他又找了我一塊錢，我才提著旅行袋走回去。我怎麼會上當呢？這是我的家啊！

出來開門的是大妹，她正為大學聯考在夜讀，其餘的人都睡了。我悄悄走入寢室，老三醒了，揉揉眼睛，說：「呀，好漂亮！」便又迷迷糊糊地入夢了。我漂亮嗎？我想這到底是回家了，只有在家裡，每一個人才都是漂亮的，沒有一個妹妹會認為自己的姐姐醜，我有一個朋友，她的妹妹竭力慫動她，想讓她去競選中國小姐呢！

第二天我一醒來，柚子樹的影子便在紗窗上跳動了，柚子樹是我十分喜歡的，即使在不開花的時候，它也散布著一種清潔而芳香的氣味。我推枕而起，看到柚子樹上居然垂滿了新結的柚子，那果實帶著一身碧綠，藏在和它同色的葉子裡，多麼可佩的態度，當它還沒有成熟的時候，它便謙遜地隱藏著，一直到它個體大了，果汁充盈了，才肯著上金色的衣服，把自己呈獻出來。

這時，我忽然聽到母親的聲音，她說：

「你去看看，是誰回來了。」

於是門開了，小妹妹跳了進來。

「啊，曉姐姐，曉姐姐！」她的小手便開始來拉我了，「起來吃早飯，我的凳子給你坐。」

「坐我的凳子，曉姐姐！」不知什麼時候，弟弟也來了，我原想多躺一會兒的，實在拗不過他們，只好坐了起來。

「誰要我坐他的凳子，就得給我一毛錢。」我說。

「我有一毛，你坐我的。」弟弟很興奮地叫起來。

「等一下我有五毛了，你先坐我的，一會就給你。」

我奇怪這兩個常在學校裡因為成績優異而得獎的孩子，今天竟連這個問題也搞不清楚了。天下哪有坐別人座位還要收費的道理？也許因為這是家吧，在家裡，許多事和世界上的真理是不大相同的。

剛吃完飯，一部腳踏車倏然停在門前，立刻，地板上便響起一陣賽跑的腳步聲。

「這是幹什麼的？」沒有一個人理我，大家都向那個人跑去了。

於是我看到一馬當先的小妹妹從那人手裡奪過一份報紙，很得意地回來了，其餘的人沒有搶到，只好作退一步的要求：

「你看完給我吧！」

「再下來就是我。」

「然後是我。」

亂嚷了一陣，他們都回來了，小妹妹很神祕地走進來，一把將報紙塞在我手裡。

「給你看，曉姐姐。」

我很感動地望著她，原來她拚命似的去搶報，就是為我啊！以後每天，我便常常享受躺在床上看報的福氣，一天早上，她又來了，在我耳旁說著「報紙」。我說：「你拿來吧！」她果真去拿了一包東西放在我枕旁，我坐起來，發現什麼報紙也沒有。

「你說的報紙呢？」

「我沒有說報紙啊！」

「你說了的！」

「我不知道，沒有報紙啊！」她傻傻地望著我。

「你剛才到底說什麼？」

「那包『擠』。」她用一根肥肥的指頭指著我枕旁的紙包，我打開來一看，是個熱騰騰的包子。原來她把「子」說成「擠」了，要是在學校裡，老師準會罵她的，但這裡是家，她便沒有受磨難的必要了，家裡每一個人都原諒她，認為等她長大了，牙齒長好了，自然會說清楚的。

我們家裡常有許多小客人，這或許是因為我們客廳中沒有什麼高級裝潢的緣故，我們既沒有什麼古瓶、宮燈或是地毯之類的飾物，當然也就不在乎孩子們近乎野蠻的遊戲了，假如別人家裡是「高朋滿座」的話，我們家裡應該是「小朋滿座」了。這些小孩每次看到我，總顯得有幾分畏懼，每當這種時候，我常想，我幾乎等於一個客人了，但好心的弟弟每次總能替我解圍。

「不要怕，她是我姐姐。」

「她是幹什麼的？」

「她上學，在臺北，是上大學呢！」

「這樣大還得上學嗎？」

「你這人，」弟弟瞪了他兩眼，「大學就是給大孩子上的，你知不知道，大學，你要曉得，那是大學，臺北的大學。」

弟弟妹妹多，玩起遊戲來是比較容易的，一天，我從客廳裡走過，他們正在玩著「扮假家」的遊戲，他們各人有一個家，家中各有幾個洋娃娃充作孩子，弟弟扮一個醫生，面前放著許多瓶瓶罐罐，聊以點綴他寂寞的門庭。我走過的時候他竭力叫住我，請我去看病。

「我沒病！」說完我趕快跑了。

於是他又托腮長坐，當他一眼看到老三經過的時候，便跳上前去，一把捉住她。

「來，來，快來看病，今天半價。」

老三當然拚命掙扎，但不知從哪裡鑽出許多小鬼頭，合力拉她，最後這健康的病人，終於坐在那個假醫生的診所裡了，看她那一臉愁容，倒像是真的病了呢。做醫生的用兩條串好的橡皮筋，綁著一個醬油瓶蓋，算是聽診器，然後又裝模作樣地摸了脈，便斷定該打鹽水針，所謂鹽水針，上端是一個高高懸著的水瓶，插了一根空心的塑膠線，下面垂著一枚亮晶晶的大釘子，居然也能把水引出來。他的釘尖剛觸到病人的胳臂，她就大聲呼號起來，我以為是戳痛了，連忙跑去搶救，卻聽到她斷斷續續地說：

「不行，不行，呀，癢死我了。」

打完了針，醫生又給她配了一服藥，那藥原來是一把拌了糖的番石榴片。世界上有這樣可愛的藥嗎？我獨自在外的時候，每次病了，總要吃些像毒物一樣可怕的藥。哦，若是在那時能有這樣可愛的醫生伴著我，我想，不用打針或吃番石榴片，我的病也會痊癒的。

回家以後，生活極其悠閒，除了讀書睡覺外，便是在庭中散步。庭院中有好幾棵樹，其中最可愛的是芒果樹，這是一種不以色取勝的水果，我喜歡它那種極香的氣味。

住在宿舍的時候，每次在長廊上讀書，往往看到後山上鮮紅的「蓮霧」。有一次，曹說：「為什麼那棵樹不生得近一點呢？」事實上，生得近也不行啊，那是屬於別人的東西；如果想吃，除了付錢就沒有別的法子了，這個世界有太多的法律條文，把所有權劃分得清楚極了，誰也不能碰誰的東西，只有在家裡，在自己的家裡，我才可以任意摘取，不會有人責備我的，我是個主人啊！

回家以後唯一遺憾的，是失去了許多談得來的朋友，以前我們常在晚餐後促膝談心的。那時我們的寢室裡經常充滿了笑聲，我常喜歡稱他們為我「親愛的室民」，而如今，我所統治的「滿室的快樂」都暫時分散了。前天，我為丹寄去一盒芒果，讓她也能分享我家居的幸福。家，實在太像一只樸實無華而又飽含著甜汁的芒果呢！

我在等，我想不久她的回信就會來的，她必會告訴我，她家中許多平凡而又動人的故事。我真的這樣相信：每個人，當他回到自己家裡的時候，一定會為甜蜜和幸福所包圍的。

（一九六二、七、十三　中副）

聖火

妹妹：

此刻我剛從你那裡回來，夜在這小小的盤谷中真是美得不可名狀，當我一路從小徑上奔回來的時候，縱然空氣中已浮泛著初秋的涼意，但我心中卻燃起一堆熊熊的火焰。繁星的微光在天上閃爍著，在小溪裡搖晃著，溪水中拌入了糖粒般的星子，想必更甘冽了吧？我真想俯身啜上幾口呢！

回到宿舍以後，接到蘋的信，她說：「代我祝賀你妹妹金榜題名，你是我前所未見的好姐姐。」我當然不敢接受她的恭維，但是聽到有一個人祝賀你，我就感到比全世界的人都來祝賀我更快樂。

我太興奮，興奮到幾乎無法冷靜下來的程度，這些日子來你的升學成為我唯一的祈願，我曾在暗中偷偷地擔過憂，如今卻能暢暢快快地舒一口氣了，再沒有一件事比這件事令我更快樂——即使我自己畢業後順利擢升助教的事。

現在，我就獨坐在這間助教寢室裡，孤寂中我更能感覺到你的同在。我的手中正捏著一張精美的包裝紙，四年了，它原有的鮮豔已經褪去，而今天這裡面所包的東西又已經移交給你，只是我仍能感到那沉甸甸的重量，壓在我的指間，壓在我的心上，使我想起一本智慧之書上面的話：「愛之堅強，乃眾水所不能熄滅，大水所不能淹沒者。」此刻，這種堅強的愛使我的手臂感到一種沉重而莊嚴的負荷。這愛，使我自覺偉大，也自覺渺小。

你願意聽聽這個故事嗎？妹妹。這故事比我小時候胡扯的神怪故事要美得多呢！你還記得十幾年前我第一次放學回家時曾向你轉述了一個巨人的故事嗎？嗯，現在我的故事仍是說到一個神奇的巨人，他曾幫助我，當我穿過漫長而陰險的森林，是他把一叢叢多刺的荊棘變成清幽的百合花。

那是四年前的一個夏夜，在那幾乎被密生的榕樹所遮住的庭園中，一切的行李都整理妥當了。渾圓的門燈懸在簷下，像一顆危顫欲墜的淚球，我遲疑地和母親說了聲再見，便偽裝成興致沖沖的樣子，乘車而去。我不敢要人給我送行，自己一路滴著淚，傷心地踏上北駛的火車，當時如果有人曾經留意我，他絕不會從我這副悽慘的顏色中看出我是北上就學去的。

當時，這張精美的花紙已經在我手中了，那是揮別時母親交給我的。我還記得她溫和得像當晚夜色一般的聲音，她說：「這是兩百塊，你留著塞在箱子底下，平常不要去動它，萬一有病了，就用它來救急。」我把它放在箱子底下，稱它為預備金，這是二十張嶄新的連號票子，我常常喜歡拿出來看一下，一面很有興味地想到自己是否真的會生什麼大病，腦海裡帶著興奮和好奇幻想異鄉病榻的滋味。

一年過去了，我生活得健康而愉快，那兩百塊錢依然不曾少掉一角，後來我偶然在女友瑟的纖指上發現一枚小小的指環，她笑著向我解釋：「都是我那老媽媽呢！她怕我一個人在臺北說不定早晚就病死啦，所以逼我戴這東西，叫我有急事的時候就拿去賣掉！」

我在她輕鬆而不經意的笑容中感到一陣心酸，天下父母，何其相似，我匆匆走到那口箱子前面，默默地取出這疊紙幣，我感到那薄薄的票子在我眼前倏而幻成一座二十層的愛之高塔，我不禁將它揣在懷中，我的心在無言中深深地膜拜著。

有一次，楊突然病了，我便把這筆款子借給她作急診用，事後她還我的時候竟也是二十張嶄新的連號票子。當她向我表示謝意的時候，我感到極大的喜悅，她說：「我知道你是珍愛它的，所以我也找到了同樣的票子來還給你，讓你覺得這還是當初你母親交給你的那一疊。」但我卻並不以為仍是原來的那一疊，因為我感到這筆錢已經因著母愛和友愛的緣故有了雙重的光輝。

四年來我除了感冒外就沒有生過其他的病，每次病的時候總有朋友們為我料理醫藥和食物，我病得舒適而安逸——這筆錢一直無法用在病症上了，多麼奇妙啊，妹妹，是愛，使我得到這筆錢，是愛，使我保有它。

有時候，當我經濟比較拮据的時候，不免要想到那二百塊錢，但我從來不敢真的去動用它，每次看著它，總讓我想起一些神聖的意義。漸漸地，那鈔票的圖案褪隱掉了，我幾乎已經忘記那是一把可以花用的錢，我只覺得這是一束美麗的小箋，寫著母親對我的期待和眷顧，也寫著朋友們對我的關懷與善意。

而今年，你在一番奮鬥之後也考取了你所嚮往的學校，母親對我說：「你好好地照應她，不要讓她像個斷了線的風箏。」啊，妹妹，怎麼會呢？我是多麼甘心做一根堅韌的線，和你緊緊地繫在一起，當你高高地掛在青空裡，我但願人人都仰望著你的高度，而忘記這根平直而無奇的線。

如今，我已經能夠自立了，我可以有機會賺到很多個兩百元，但這筆錢卻一直是我最大的財富，今晚，我把這筆財富交給你，並且讓它再加上一份姐姐的友誼。當我對你說：「好好收著，不要用，除非有什麼意外發生。」我的心中便充滿了從母親那兒學會的愛，剎那之間，我又憶起四年前那個美麗的夏夜，以及母親親切的叮嚀，一時我竟分不清母親對我說的話，和我對你說的話，我只感到自己心的山谷中，反覆迴盪著愛的聲音。相信你在接到它的時候，除了感到沉重外，一定感到那份溫熱——就像在古老的年代中，一個英雄自另一個英雄手中接過一把神聖的火種一樣。瞧，妹妹，你的道路何嘗不是漫長而陰險呢？讓我把這火炬放在你的手裡，那光和熱自會幫助你的——讓它如同一個好心腸的巨人，幫助一個小女孩穿過險惡的山嶺一樣。

你喜歡這故事嗎？妹妹。我多麼渴望著你平穩地向前走去，當初我一人到臺北來的時候，伴著我的只有一箱子書罷了。我獨自奮鬥著，掙扎著，像紅色砂地上的墾荒者，要替自己修出一條路來。而現在，你也來了。如果剛一踏上這陌生的城市，便能在茫茫人海中發現一張熟悉的臉，這多麼幸福！你能夠有人陪著你，能夠得到師長額外的照應，能夠順利地安排好一切，也能夠免去許多新生的煩惱，你可曾想到前人的足蹟呢？你是否也願意開始跋涉呢？

我慶幸自己能在你立身之初，助你一臂之力，了我一向的心願。我曾接受得太多，而今我也把它給你。是的，妹妹，當我將這神聖的火炬交在你手中，我多麼希望你也慎重地接住它，讓那永不熄滅的聖火燃燒在你心中。或許有一天你也會把這熊熊的愛之火炬遞給別人，但那份光熱，仍將永遠存在你的心中。

（一九六二、十、九　中副）

光環

我不只一次聽到別人說我冷漠，說我驕傲，說我盛氣凌人，這是他們的偏見嗎？或是我自己並不十分了解自己呢？我是否已經樹立了許多敵人？我不知道，我只曉得，我是有些朋友的，我只曉得，在我身邊還有許多人，認為我並不冷漠，並不驕傲，並且並不盛氣凌人——菊如就是其中的一個。

我認識菊如是在四年前的新生訓練中，她拖了兩條長長的辮子，繫著一件格子裙，笑的時候總要加上強調的尾音，讓人很自然地也想跟她一起笑，我特別喜歡她那胖墩墩的體型，讓人有一種舒泰的感覺。

開學後不久，女孩子們很自然地便混熟了，午飯後我們總是坐在竹林子裡面談天，有一次我們談到自己的綽號，她說：「我小學時就叫小胖，到了初中原來以為可以換掉了，誰知又有人叫我小胖，等升了高中，還是叫小胖。」

「那麼，我們沿著前朝舊制吧！」大夥兒便興奮地決定了。

那時候，班上有十個女孩子，我常喜歡在暗地裡仔細評較她們。我發現，她總是拖拖拉拉的，懶懶散散的，彷彿要她修飾一下，就會讓她頭痛十天似的，她從來不矯揉造作，從來不企圖讓自己更女性化。但是，我終於認定她是最美的。她的臉上永遠刻劃著一種自然而又含蓄的美，那線條挺秀的鼻梁，那稜角分明的嘴唇，是我從來沒有在別的面孔上發現過的——即使有，也不可能配合得像她這麼巧妙。她又戴著一副眼鏡，顯得斯文而秀麗。我常想，如果我有她一半的娟好，如果我有她一半的可愛，那該有多麼好！

其實，除了外形的美麗之外，她還有許多更吸引人的地方，我從來沒有見過一個人，像她一樣和悅、一樣討人喜歡。也從來沒有人有她那樣驚人的記憶力——居然能夠在四十分鐘內把〈過秦論〉背熟——那是我努力了兩個晚上仍不能上口的。此外，我每次想起她，總不免要懷念起她的幽默感。並且覺得上帝本來就准許某些人得到較多的東西，他必定是怕那些美好的本質，若是流到其他人的手裡，會被糟蹋掉了。我一直相信小胖所以有優異的稟賦，是因為她配得的緣故。我也確信，我們所以能成為好朋友，是因為她的溫良，而不是由於我的。

那時候，她是六號，我是七號，我們的座位是如此緊挨著，逐漸地，我們的感情也彼此挨近了。當時，沒有宿舍，我們都帶便當，往往到十一點鐘就忍不住要取一點來充飢了，但她的食量極小，每次總央求我替她吃一塊滷蛋或幾塊豆腐干，我很慶幸自己一直有很好的食欲，能夠一直接受她善意的饋贈。有時她也嘗嘗我便當盒中的魚片或是素雞，我們彼此以「酒肉朋友」戲呼對方，往往把局外人搞得莫名其妙。她的家住在臺中，每次歸省，她總帶回一盒鳳梨酥給大家享用，我因為是她的「酒肉朋友」，總比別人多分幾塊。

我們兩個人都有一個共同的毛病，就是反應太過靈敏，每次教授的笑話還沒講一半，我們的笑聲就忍不住迸了出來，好在我們總是一起笑，還不致被目為怪物，兩年後，我們的座位分開了，每次一想笑就得制止住，兩個人遠遠地遞個眼色就算了。

我們都不用功，一聊起天來就失去了時間觀念，有時候話說完了，兩個人相對而視也覺得很有趣。有一次，讀了李白的詩，從此就以「相看兩不厭，唯有敬亭山」打趣。後來又有一次，我們一起去看一位教授，教授對她說：「如果曉風是男孩子，你嫁給她倒是很相配的。」

「我一直很安於做女孩子。」我對教授說：「不過如果做男孩子而又能娶到這樣的太太，我倒很嚮往。」

當然，我一直沒有成為男子，但我們的友誼仍在平靜中進行著，那種境界，我總自信比之愛情是毫無遜色的。誰能說澄清的湖水比不上澎湃的汪洋，又有誰能說清冽的香片比不上濃郁的咖啡呢？

她常常做出許多很灑脫的事，頗有點俠士的意味，讓我們又詫異、又好笑，卻又不得不佩服她的鬼腦筋——我就是喜歡她這種作風，就好像我喜歡讀一些跌宕生姿的古文一樣。

有一次，是冬天，她剛搬入宿舍不久，那天晚上她從外面回來，便逕入我的寢室，我很少看到她那樣美麗，她頭紮著絲巾，身上是一件奶油色的風衣，腳下則是一雙兩吋半的高跟鞋。

「去赴約會嗎？難得這副打扮。」

「去買紅豆湯，」她把提盒遞給我看。「我們寢室裡住著幾個餓殍呢，我只好去買點東西來救災。」

「那又何必如此盛裝呢？」

「盛裝嗎？」她大笑起來，把絲巾和風衣取下，立刻，一個寢室都笑倒了，原來絲巾底下包的是她纏滿髮捲的頭髮，風衣裡面則是一襲睡衣——褲腳管是捲起來的。

當然，她並不是常常戲謔的，唯其因為她經常守著嚴正的軌蹟，所以更見她惡作劇的趣味。我喜歡和她談到許多莊嚴的事，那使我感到她同時是我的良師和益友。

我永遠不會忘記那天晚上，她坐在我的床沿上，當夜色漸漸深沉，我們的題目也愈談愈深：

「我只有一次，被一個故事感動哭了，是我姐姐講給我聽的，那天竟然完全控制不住。」她的聲音很低，像是直接自心腔裡面發出來的——沒有經過喉管和舌頭。

「告訴我那個故事吧！」

「我要告訴你的，」她望著我，目光深沉，「我姐姐有一個同學，一個很好的女孩子，她一面讀書，一面做事，她的母親是個沒知沒識的人，她們全家幾乎都是靠她撐著，後來她考取了留美，到處去辭行，她母親總跟著她，當她女兒和別人談話的時候，她總帶著近乎崇敬的意味呆呆地朝著她，一直到上船的那一天，她把女兒送到船上，當汽笛嗚起的時候，那婦人忽然抖著雙臂哭喊道：『媽媽跟你講的話記不記得呀……。』」

不知為什麼，我也忍不住地哭了。

「你怎麼了。」她問我，但她自己也在抹眼睛。

「我忍不住，真奇怪，這樣平凡的故事我也忍不住。」

黑暗裡我們相對垂淚，之後我們又為自己的脆弱感到很靦腆，我們曾把這故事告訴幾個其他的同學，他們卻似乎毫無所動。

畢業考的前一週是我們最用功的階段，我們兩個常一起開夜車，但多半的時候剛過十二點就睏得像醉鬼一樣相扶著回寢室睡覺了，畢業考過後，我們又忙著辦各種典禮中的行頭，每天不是我試衣服給她看，就是她試鞋子給我看，許多低年級的同學在一邊湊熱鬧，興奮得不得了，她們看到的只是漂亮的白旗袍，只是精工的披肩與手套，只是耀眼的耳環與項鍊，只是新穎的鞋子與皮包，她們何嘗看到我們心裡的傷感，心裡的憂慼，心裡的悵惘以及心裡的茫然。

記得那是畢業典禮的頭一個晚上，一切該辦的都辦齊了，寢室裡的燈也熄滅，我坐在她的上層鋪位上，兩個人居然一點睡意也沒有。

「我總覺得我們才剛混熟，」她說：「就要分手了。」

我不敢接腔，怕把談話帶得更淒涼了。可是，我們的沉默卻仍是淒涼的。唉，人和人之間的緣分竟是這樣薄嗎？竟是這樣薄嗎？

第二天早晨她修飾得很美，其實二年級以後她的體重就直線下降，許多後期的同學竟不知道何以她會稱為小胖。她以內在的美烘托著外形的美，使她看起來煥發極了。那天，她在掌聲中走上臺去，代表全系的畢業生接受文憑，如果不是限於會場中的秩序，我想我會跳起來握住她的手，祝賀她得到優異的學業成績。但轉念之間我又覺得該祝賀她的並不是在畢業的一霎，而是四年中每一個日子——因為她每天都是一個打勝仗的戰士，而所祝賀於她的也不該僅僅是學業上的成功——更是她整個為人處事的成功。

畢業後我常和她通訊，我稱她為「菊如女史」，她也常稱我的號，並且加上「詞長」，與她通信和與她談話有同樣的樂趣，她永遠知道怎樣使自己和別人的生活都輕鬆愉快。不久，她找到一份很理想的工作，離家近，待遇也好，我相信她會做得很稱職。其實，與其說她得到工作很幸運，不如說那工作得到她很幸運，她天生是一撮鹽，能使整個環境因而變得有滋味。後來，我的工作也固定了，是留在原校服務，我很興奮地告訴三個最知己的朋友——小胖是其中的一個。

我們都開始進入辦公室的生活，我感到又惶恐又怯懼，不知該如何做。我一直遺憾的是她只住過一年宿舍，否則我必會從她多感染一點美好的德性，使我的人生更飽滿、更圓熟。但如今，我感到自己像一隻鄉下老鼠，乍然跑到城市裡去，被紅燈、綠燈、斑馬線以及棋盤式的街道弄昏了，我只有繼續和她寫信，盼望她給我一點指引。

有一天晚上，丹到我的寢室來。

「今天晚上我聽見別人在討論你。」

「哦？」

「有一點不妙呢！」

「是嗎？」我放下筆。

「他們說，你很驕傲，」她有一點激動了：「又說你對人很兇，一點不徇情面，說話總是惡聲惡氣的，是真的嗎？」

「你想是真的嗎？」

「他們說，曾經看過你把毛衣披在肩上——不像個學中文的。」

「他們還說，某一篇文章是你寫的——裡面盡是貶人的話。」

「哦？我自己還不曉得我曾寫過呢！」

「他們還說，說你好像很會用手腕，你所有的成就都是靠耍手法弄來的……。」

我沒有什麼反應，我平靜的程度讓我自己都有點驚奇。

「我自己知道我的路，」我對丹說：「我走的是正路還是邪路，那是人人都可以看得到的，我的心很平安，我不打算知道是哪些人，也不想和他們爭辯。」

「你真的不生氣嗎？」丹終於叫了起來：「害我還替你生氣呢，我告訴你吧，他們還說呢，說你一得到職位就寫信告訴小胖，他們說你是故意向她示威，向她顯耀……。」

「什麼，他們為什麼想得這樣卑鄙？」

這一次我生氣了，我能忍受別人對我的汙蔑，但他們憑什麼要糟蹋我們的友誼呢？我是個沉不住氣的人，第二天我就寫信告訴我可敬的朋友，當我把信投入郵筒，空泛的心中便響起一位老教授講的話，他說：「處在今天的世代裡，我們何啻是舉目無親呢？我們簡直是舉目皆敵啊！」我永遠記得他眼神中蒼老而淒涼的意味，而此刻，我雖未老去，卻已感染到那份淒涼了。那幾天我一直在焦灼與痛苦中等著她的回信。她的信很快就回來了，我在寒冷的寢室中展讀它，風雨把玻璃敲得很響，但我彷彿聽到她親切溫潤的聲音，從風雨那邊傳過來，並且壓過了風雨：

「曉風：上次來信問我讀書和做人的心得，我想了很久，書，近來很少讀，似乎無心得可言。談到做人，我就不得不改變以往對讀書頭痛的偏見。的確，以前我們一直都幼稚地以為讀書是世界上最痛苦的事，而今初入社會，無端的我們竟也被捲入了是非圈，對於這些我已有足夠的容忍量，誠如你說，自古以來誰能不遭毀謗，至於別人所說關於你我之間的閒言，我還是從你處得知的，但願我們都置若罔聞，就讓它自生自滅吧！

人之相知，貴相知心，我們的友誼早已在四年前的便當上奠了深厚的基礎（一笑），如今豈能容宵小讒言破壞於一旦，不要再為這些惱火了。

何時作臺中之行，一定準備麻油雞以饗遠方人……。」

我低下頭，心中好像有一萬種複雜的情感需要表達，卻又好像不再具有一縷累人的思緒了。啊，為什麼我這樣低估她的友誼呢，她是了解我的，我還需要什麼呢？讓所有的人誤會我吧，她是了解我的！我感到一種甜蜜，一種驕傲，一種恬遠的自足。

偶低首，我看見她送給我的蝶形別針，正扣在襟上，我的心也禁不住地默然鼓翼了。其實，她友誼的本身就是最美的饋贈了，它將永遠罩在我的頭上，像遠古的世紀裡，戴在聖徒頭上的光環，又像在漆黑的冬月之夜裡，繚繞在土星四圍的光環，啊，小胖，小胖，多麼盼望在睡夢中也能化為蝴蝶，在這般風雨的夜裡，去探探我久違的故人。

山路

清溪居主人：

今晚陳來，劈頭就問我你的名字，我告訴她，她提高了聲音叫一句：「他死了！」

「你嚇我。」我倒退了一步，牢牢地盯著她看，希望從她臉上看出一些開玩笑的痕跡。但是，沒有。她斬定地說：「死了，被學生氣得自殺了，你去看報。」

我站在原來的地方，寒冷自我的心頭升起，劉昨天還和我談到你。而現在，你已不屬於這個世界了。是你不要這個世界呢？還是這世界不要你？

我們同過學，你比我高屆，我從沒有和你說過話，每天看到你們，總羨慕你們比我們大一些，多懂一些，對於國學修養也深入一些。我總羨慕你們能做那樣瀟灑的詩，填那樣美麗的詞。而現在我們相繼畢了業，你仍然又走到我們前頭。你，一個人，孤零零地挾著你的琴，步入那扇黑暗的門。

以前你們班上的湘常回來和我們提到你，你那些富有傳奇性的故事我們都耳熟能詳。譬如說，你那些從來不洗的襪子，那支僅有三根毛的牙刷，那條形同抹布的面巾，常常成為我們笑談的資料。後來她又把你指給我們看，我生平沒有見過一個像你那樣不修邊幅的人。至今我仍然記得你，那樣短而參差的頭髮，時而罩在一頂不成形的帽子裡，帽沿幾乎壓住了眼睛。黃卡嘰的制服常是皺的，腳上的球鞋常是髒的，脖子總是縮在衣領裡，幾本線裝書總是包在一塊破布裡。我常看到你跨下腳踏車，慢慢地搖著步子走向課室，你那樣孤傲，從來不在意是否有人談論你。而今天，你也是這樣去了。這一次，你是趕去修哪一門課程呢？

你走了，你留下是是非非由他人去評論。你只是盡你的力氣，走了你所能走的路。啊，清溪居主人，你總是和我們不同，你總是做我們不懂的事。你原是個極渾沌的人，為什麼偏偏知識把你變得聰明、憂鬱而又悲觀？當小丑出場的時候，如果眾人都笑，你也傻笑好了，為什麼你偏偏要想起他面具後面的淚痕？

後來我知道你能拉一手好提琴。你住在離校不遠的一所客寓裡，常常沿溪試琴，你稱那所租來的房子為「清溪居」。那一次，你們全班到我們宿舍來玩，大家都坐著吃東西、聊天。獨有你一人，站在房角落的地方，拉著那首〈夢幻曲〉。你愛拉〈夢幻曲〉。這樣悽惻的調子，常讓我感到，在你和聽眾之中有一段長長的路。你站在路那邊，這裡的燈光與歡笑在你看來是無價值的。是什麼悽愴的種子在你心中發了芽呢？為何你的琴韻裡常透露著那樣沉重的悲哀？啊，清溪居主人，我們生長在怎樣的一個世代裡，難道這世代的悲劇性還不夠嗎？你又何苦用文學與音樂來加強它的效果呢？

你受完軍訓後，剛好輪到我畢業，我們是同時踏入社會的。我們一同去赴一場艱苦的戰爭，為什麼，為什麼你竟先倒下去呢？我們的手裡沒有兵器，我們的身上沒有防衛，敵人竟這樣容易勝過我們！

如果不是你的好友劉和我同事，我也許會忘記你，就像我忘記其他人一樣。但他常和我提起你，你那份灑脫，那份豪情，讓我暗暗嚮往。

他告訴我，你畢業後立志不在公家機關做事，為的是不願被一天八小時的辦公時間綑綁，但其他的事也多半要受點管制的。你天生是一片閒雲，一隻野鶴，要拘住你是不可能的。我又想起你所自撰的一個外號「青牛子」，啊，而今你當真在暮色蒼茫中，步出函谷關去了，關外又是怎樣的一個世界呢？那裡難道就自在了嗎？

劉又告訴我，你家中還有些田產，所以你也就乾脆賦閒了。我們多麼羨慕你，如果我們的家中也有一份田產，如果我們也可以不虞衣食，我們又何嘗願意離鄉背井在外面打天下呢？我們何嘗不嚮往一間小小的書齋，裡面常常傳出提琴的顫音呢？和你相比，我們都成了俗人。這世代原來不准許人不俗的。

有時候，我們的助教辦公室中沒有別人，劉就把你的理想述說給我聽：

「他母親說，反正他們家並不需要他多掙一份錢，不做事也就罷了。」

「他一輩子都不打算做事嗎？」

「他不打算，他常說，世界不知在哪一刻就毀滅了，何苦來去鑽營呢？」

啊，清溪居主人，我也感到你的悲哀了，我們人類究竟被包圍在怎樣的環境中，竟對自己所居住的地方也失去了信心？

「他母親講，」劉繼續和我說：「過兩年要賣掉一部分相思林，給他起一棟房子。」

「啊！自己蓋起房子嗎？」

「嗯，他說他要自己設計圖樣，買一塊靠近小溪的地方，屋子就依水而建。屋子分為上下兩層，裡面要有一個音樂沙龍，此外有臥房、飯廳、書房，並且要特別設計兩個客廳，都裝著電唱機。如果是不相投的朋友來了，便請他在外面的客廳裡坐兩分鐘，放些時下流行的歌曲聽就算了。如果是知己的朋友，便延入裡面的客廳，那客廳要完全採用中式布置，掛些極美的字畫，客人一來就沏上濃濃的好茶，打開古典音樂，如果高興起來，就竟夜暢談。」

「你們聊過嗎？」

「當然，簡直不知道為什麼一見面就有那麼多話，我們縱論古今人物，天下大事，嗨，痛快極了！」

「他的客廳，那間特別的客廳，」我眼巴巴地望著他，「准不准女孩子進去呢？」

「當然，我可以去跟他說。」

我心裡充滿興奮。多麼盼望有一天，我能循著溪水，循著琴聲找到你新落成的清溪居，在那掛著字畫的客廳裡，縱論千古人物。

這兩天劉又和我提起你，說你被請去教書，教書原是自由的，我們多半走了這條路。但你仍然不能適應，學生程度太差，你想辭去，要劉「火速」替你找一位代理教員。劉還沒有能盡職，你卻先去了。啊，清溪居主人，即或有一個人能代替你的教席，你生命的空缺卻又由誰遞補呢？芸芸眾生，叫我們到何處去找一個完全像你的人呢？

你給劉的信我看過，你說：「前得手書，觀子憮憮，弟可謂感慨同之。人生之苦，寠為甚焉。此陶彭澤所以永歎者也。然先賢每有安貧之勸，又當何說，其為道功之堅乎？弟今亦效顰為人師者，顧學殖不堅，不免戰戰，所謂書到用時方恨少，事非經過不知難，可為後來者戒。」清暢的行文中，我看出你隱隱的悲憤。劉也給你寫了回信，其中一句：「書至此，恨未得故人來訪，一曲琴音洩萬古憂懷。」而今，信還未曾寄出，你便出發到另一個幽冥的國度去了。叫他的信往何處投遞呢？一曲琴音，既成絕響。萬古憂懷，何處以託？

你自殺的消息登在一塊不顯著的位置上，還不及半個巴掌大，你果真是為了幾個頑劣的學生嗎？或是有我們所不了解的痛苦呢？唉，這世界太大，發生的事也太多，你的殞滅似乎並不足以引起任何人的注意。你生平未曾貪求一點名利，如今連死也是沉默的。你消逝了，世界卻仍舊存在，報紙每天依然以寬大的篇幅登載娛樂廣告，吃喝嫁娶依然進行。啊，這並不像一個即將毀滅的世界，那麼你又為何急急離去呢？你同班的同學中有三個在研究所，兩個做助教，四、五個教中學生，另外在其他機關服務的也有。每個人都興致勃勃地，獨有你選擇了這樣奇特的一條路。我想起梵谷有一幅畫的題名是：「為什麼獨有一個女人這樣絕望？」啊，清溪居主人，你也絕望嗎？我們的世界竟是這樣不值嗎？我總想著你，穿一身不合時宜的衣衫，遠遠地站在眾人之外，站在喧譁的聲音之外，奏著你的〈夢幻曲〉。啊，清溪居主人，在你和眾人之中，必有一種是愚者。

今天一晚上我感到異樣的難過，很想把這事轉述給朋友聽，好讓我的擔子減輕些。但認識你的人本不多，這些人又多半畢業了。低年級的學生更不認識你了，我去向誰說呢？原來相聚在一起的人，要散開竟是這樣容易啊！我們的生命是什麼呢？是一闋無法捕捉的〈夢幻曲〉嗎？

白看見我嘆息，就仰起頭來問我：

「曉風，人生若不是為了信仰，卻還剩下什麼呢？」

我答不出來，我只能說：

「若是沒有信仰，我再也想不出其他的意義了。」

清溪居主人啊！這條路你是怎樣走過來的呢？你沒有信仰，沒有依靠，獨自摸索著一條寂寞的路。你厭惡名、厭惡利、厭惡世間的繁華，最後你也厭惡了生命，那麼，現在你還有所惡嗎？

白拿了一張高山雪景來給我看，但我還是不能忘記你、忘記憂愁。在這春寒料峭的季節，你的靈魂依傍於何處呢？我看那雪景，看那迂迴的山路，我就想到你。你的生命不也正迷失在這樣一個寒冷、灰白、而又崎嶇多險的山路上嗎？你是失足於哪一個低谷中的呢？

春天已至，春花染遍春山，溪水流過密密的相思林。人間的繁華將依舊，人類仍懵懵懂懂地活下去。〈夢幻曲〉必會繼續被奏。但，我們去哪裡尋一人，代替你的席次呢？

（一九六三、十二　中副）

另一張考卷

有一次，我和一個鄉下女人聊天，她對我說：

「你要曉得，我們頭家是做木工的，做一天工才只有八十塊錢。」

「八十塊！」我叫了起來，「我坐一天辦公室才只有四十塊錢！」

「哇！」她也叫起來，「你不能這樣比，你是個女孩子，女孩子只好算半個工的，能拿到四十塊就不錯了。」

她說得義正詞嚴，我只好不講話了——但我不曉得，如果她知道我們辦公室裡的男士們也和我同等待遇的話，她會怎麼說。

從教室到辦公室，把課桌換成辦公桌，對我而言是一件新鮮而有趣的事。或許，真如那個女人所說的，我的才幹與能力只及半個工，但是，我知道，我從這份工作所領受的報酬卻遠超過一個工。我一直記得某位師母指著她的兒子對我講的話，她說：「我那孩子，剛撞進社會，什麼都不懂，替人家做事等於去學點做人處事的道理，你看，去學東西不要繳學費我已經夠滿意了，居然還能領薪水，倒真是意外的收入呢！」是的，坐在一間寬大，明亮而又不需繳費的教室裡繼續學習，對一個剛出學校的年輕人而言，總算是一件幸運的事了。

記得那是去年八月間的一個黃昏，我坐在系主任的客廳裡，他對我說：「你來吧！」在那一霎間，我的心中突然塞滿了複雜的感情，我知道，在這樣簡單的一句話裡，決定了許多東西。我彷彿又回到幼年時，站在一堆蠕動的青蠶面前，指定其中一條說：「這是我的。」我不知道那條蠶會長到多大？牠是否會吐絲？那絲有多長呢？它是否光澤柔軟？那些事曾經令我的小腦袋憂慮過。而此刻，我的職業被決定了，我前面的路被一隻神祕的手拓開了，這將是怎樣的一條路呢？想到陌生的未來，我在興奮中不免感到懼怕。

九月，那時學校尚未註冊，我第一次坐在辦公室，整理一些零碎的東西，突然有學生在門口大叫了一聲「老師」，倉促間我嚇得雙手停止動作，抬眼四顧，室中只有我一人，我知道不是叫別人了，只好挺直腰，應了一聲：「進來！」心中卻不免有點抱怨。

「你，你是新生嗎？」

「不，我二年級了。」

我很想告訴他，他對我的稱呼和口氣已把我嚇了一跳，但是看他的神色，又分明是我把他嚇了一跳。原來我們都一樣緊張。

從此以後，學生叫我的名稱就層出不窮了，比較相熟的高年級同學都叫我名字，有的人叫助教，有的人叫老師，一年級的孩子們有時糊里糊塗地竟會喊出教授來，弄得我手足無措。其實我還不致好為人師，除了聞道的先後有異，術業的專攻有異，我何嘗有什麼值得誇耀於人的？

中文系的助教往往容易給人一種悠閒的錯覺，其實國文是全校一、二年級的共同必修科，作業和考試的批改是絕對不容許我們閒下來的。尤其改作文，是一項極吃力的工作。有一次，我正在逐字推敲的時候，一位先生走過來，笑道：

「這是報應，你以前也曾如此害過你的老師！」

「我不曾害誰。」我反駁道。

「假如你沒有害到大學教授，你總害過中學教員，假如你沒害過中學教員，就一定害過小學老師，對不對？你也不是生下來就通文理的。」

突然，我感到一種神聖的意義，我彷彿看到這些學生們，有一天也要離開學校，去幫助別人。而那些被幫助的人，又會出去幫助更多更多的人。知識的施與受是怎樣奇妙！

其實，我只是代教授批改文章，應該沒有下評語的權利，但有兩次，我忍不住要寫些話，其中有一個女孩子是因為母親早逝，不願看著姐姐獨自擔當家務，而準備休學。另一個則是寒假結束後接到母親遽逝的電報，心傷幾摧。我在文章後面寫了幾句安慰鼓勵的話，如果我能給別人一點光，一點溫暖，我為什麼要吝嗇呢？我多麼希望我所能給予學生的，不僅是錯字的糾正，不僅是句法調動，不僅是文采的潤飾，而是愛的連繫。進一步說，我們的生命何嘗不是一篇充滿缺點的文章呢？肯糾正別人錯誤固然不容易，能同情別人的痛苦尤其困難。因此，我願意自己有一根嚴正的指頭，但我更願意自己有一副慈愛的眼神。

從前，在我做學生的時候，總以為做了師長就應該無所不知，總覺得答不出別人的問題是一件可恥的事。及至我做了助教以後，才發現許多學者，在他本身所研究的範圍內，仍有許多不能答覆的問題。真理原是無涯的海，人類不過是在沙灘上揀取貝殼的小童。因此，每次有學生執書而來的時候，我總坦然地接在手裡，我知道，即使萬一我不能指導他的問題，我誠實的態度仍能指導他一些做人和為學的道理。

身為一個助教，除了課業上的義務外，還有行政上的責任，每學期註冊，總是我們最忙的時候。學分的計算、主修科和選修科的安排，常讓我們絞盡腦汁。但我們一點不敢鬆懈，因為我們曉得，偶爾的疏忽往往要讓學生多花一年的時間。現在有幾個家庭，能夠很裕如地供應子女一年的學費和宿費？

我希望每一個學生在四年中完成他的學業，我不希望他們因不慎而拖延，更不希望他們因金錢而輟學。

記得那一次，我有事到院長室去，他正在對一個學生說話：

「讀書，不一定要花很多的錢，我讀大學就完全是靠自己。」

她看見我進去，便說道：

「這位，是你們的助教，她的家庭並不富有，但她也畢業了，並且做了助教，她進來，恰巧給你一個證明。」

「讀下去！」我走近那學生，我的心潮起伏，不知該怎樣勸他，「你必須讀下去，你總會有辦法的。」

學校裡有一種分期付學費的辦法，但必須由教職員作保人，每次有學生來請求我簽名的時候，我總彷彿看到當日我自己的影子。我明知道，如果到時候有一個學生不繳款，我就必須扣去一個月的薪水，但我還是簽了，我寧願信任他們。當學生告謝而去的時候，我的眼中充滿了淚水，我很想告訴他們不必感謝我，我們都在登一座險峻的山峰，前面的人既已拉著我的手，我又怎能空著另一隻手，不去攙扶別人呢？

我從來不覺得我是一個比別人更好的人，我所以體諒學生的痛苦，同情學生的困難，是因為我也曾經作了十幾年的學生，並且我放下學生月票還不到一年呢！每次當我在熟悉的校園裡獨步，當我在課室的老位子上旁聽，當我夢見考場裡的緊張氣氛，當我在福利社裡享受一碗廉價的紅豆湯，我就不禁渾然忘身，以為自己仍是一個學生。因此，很自然地，我對學生總是寬大的，只要是在可能的範圍內，我總希望去幫助他們。

只有一件事，我一點不肯苟且，那就是考試作弊的事！我並不十分重視由考試所鑑定的成績，但在我所站立的範圍中，我絕不容許有舞弊的事情發生。我絕不能忍受一部分人在那裡伏案苦思，而另一部分人在那裡顧盼抄襲。我痛恨那種混學分的態度，我痛恨那種不顧羞恥的行為，一個人如果讀到大學，對於取捨之分還弄不清楚，他所受的教育無非幫助他做一個更體面的小人罷了。我從不相信青年人的牢騷經，我從不相信將來他們能在腐敗的社會中能作一個廉潔的君子——除非他在考場中是正直的學生。

我很知道，我這樣的作風難免會讓學生不滿，每次當我巡考完畢，疲乏不堪地坐在辦公室中，我就彷彿能夠想像學生們怨怒的聲音，我扶頭而坐，低聲自問：

「我，我是何苦來呢？」

這時，我的視線往往會觸及玻璃墊下那張百合花的圖片，那瑩白的色澤，那高潔的神韻，常讓我領略到一種超然的意境。在圖片上端有一小行英文字「——我恆與你同在。」這時，我彷彿在幽谷中嗅到沁人的香氣，我的心中充滿歡欣——一種揉合著不被了解之痛苦的歡欣。因為我知，我也確信，我生命的主宰永遠站在我身旁，對我說：

「你並沒有做錯，批評是免不了的，誤解也是必須的，荊棘和蒺藜是必然的——只是，在這一切的痛苦中，我恆與你同在。」

當然，在這個社會中，我絕不是個重要的角色，我的努力不會給世界帶來太大的改變，但是，我仍然敬重自己的職分——我活在世上一天，總希望這世界比失去我要好些。

有一次，某位低年級的同學把我介紹給他父親。

「我很早就聽說你了，」他很誠懇地說：「我這孩子有個好處，她很肯受教，你指點指點她。」

那時，我恍惚聽到無數家長的聲音，向我覆述著這樣一句話。我知道他們絕不是對我說的，他們是向我神聖的職位說的。儘管我沒有才學、沒有能力，但我警惕著自己，當我正年輕，當我還有一顆火熱的心，還有一派真摯的情感，我應該放在學生身上。

和大多數的朋友相比，我的待遇是比較微薄的。但我當初所以樂意從事於此，是希望多有機會和書本親近，多有機會領受師長的訓誨。如今，這一切都得到了，我還奢望什麼呢？

偶爾在熄燈之後，就著走廊的燈光看幾行未竟的書，便有好奇的學生來問我：

「你已經不要考試了，為什麼還要讀書呢？」

我不要考試了嗎？我還要考的，我還有許多學分，都必須一一修滿，在人生的大試卷前，我的手不容許有歇息的機會。前幾天，我在學生的考題上發現一行字：「俗體簡寫，塗改鈎勒，一律扣分。」我的心中忽有所觸，便把它抄在我的小記事本上。是的，有一天，我也要呈上我的試卷。我但願這份試卷清潔而整齊，沒有一筆是苟且的，沒有一個字是錯誤的，沒有一句話是荒謬的，我但願自己為這張考卷所持的一切誠實、所盡的一切努力，能使我自己滿意，能使我人生的主試者滿意。

（一九六三、五、十一）

霜橋

玖：

很多日子以來一直在盤算著要寫封信給你。或許就因為太慎重，反而使我不敢著筆了。記得夏天時我們曾有過一夕長談，而現在已是蕭瑟的冬日了。那時候，你手裡拿著一本書，書裡夾著許多花瓣兒，而今呢？你的本子裡卻又夾著些什麼呢？可否就把我這封信當作一片小小的落英？讓它夾在一本看不見的版冊中。當你翻閱時，它就在不經意的一瞥中怡悅你。

現在，我還能記得那夜我們在校園裡。夜很深，到處都是露水。我們只好站著，繞一池睡蓮漫步，你對我談到你的痛苦，我諦聽著，忽然想起一位長者的話——痛苦、是這世界的土產——玖，如果你原諒我的話，我要說，我在你的痛苦裡意味出幸福的成分。玖，你想，一個年輕美麗，而又聰明無慮的女孩子，在詩意的月夜裡，訴說一種詩意的痛苦。嚴格地說，那又算什麼呢？

你曾否想像過漫天烽火的戰場，在那裡，最悲慘的屠殺正進行著。許多母親的兒子，許多妻子的丈夫在血泊中栽倒，他們的屍身在腐爛、生蟲。你曾否目睹令人心酸的孤兒，在飢寒中啼哭，不知命運要為他安排一個痛苦的死亡或是一個痛苦的生存，你曾否進入許多不蔽風雨的屋子，那裡有貧病交迫的一家在痛苦中殘喘苟活。你曾否遇見許多飽學之士，竟至於窮途潦倒，三餐不繼，抑鬱終生。玖，你知道嗎？我敢說，你簡直忘了世界上還有那一等人，或者，你根本沒想過那種驚心動魄的痛苦，那種深沉的、恨不得撕裂自己的痛苦。因為你太年輕、太不經事，你只知道閒愁悶氣，你根本什麼都沒有了解啊！

當然你可以賭氣，說，「我情願像他們、我情願死、我也不要像我自己。」但，我告訴你，如果我在未來的年代中，不蒙受貧窮、病痛、死亡、離別、頓蹇的陰影，而單單只受你所受的那種痛苦，我就要說，我是幸福的了。

現在，且把你所謂的誤會欺詐和讒言也算作一種痛苦吧，果真如此，你也不算孤單，只要是人，沒有一位不曾被惡言中傷過的——即便是神，也不能免於詬罵。記得那個古老的故事嗎？在伊甸園裡蛇怎樣向夏娃進攻呢？他毀謗上帝——他成功了，錯誤的歷史便以此為起點而寫下去。你翻開課本看看吧！蘇格拉底被認為是蠱惑青年的罪人，終於在群眾面前飲鴆而死，有誰知道他尋求真理的誠實？孔子被誤會作求官的政客，甚至隱士們也用曖昧的話諷勸他，有誰了解他「知其不可而為之」的熱忱？耶穌被人控告為煽惑群眾的暴動者，被懸掛在強盜中間釘死，有誰體會他捨身救人的苦心？人類史上充滿荒謬的例子。人們永遠虐待著偉大的先知先見，直到他們屍骨成灰的時候，人們的子孫才開始推崇他，為他修建美麗的墳墓。玖，所以每當有人嘲誚我，有意無意地用言語傷害我，我總是沉靜下來，心裡充滿神聖而肅穆的感覺。玖，當我身受先聖們痛苦的一部分，當我戴上這頂曾經刺傷過他們的荊棘冠，我就覺得我更接近他們、更像他們、更分沾了他們的榮耀。

玖，如果我們真能了解一點人生，好好去揣測一點人性，我們就知道，我們沒有資格不被批評，既然比我們偉大、比我們聖潔的人都曾受人誤會、被人毀謗，我們又憑什麼希望能倖免？我們生存在一群以閒話為副食品的人中，注定了就要成為話題的。那麼，又何足介意？我小的時候，有人向我解釋長舌婦的意義，總以為造謠生事的都是女人，其實男人也會如此的。古來，在皇帝面前進讒言的宦官奸臣都不是女人，而比較高雅有修養的男士，雖然不議論時人，卻免不了要轉個目標論斷古人一番的。把歷代人物是非撥過來、講過去，無非只想發洩一下。所以，當他們得意的時候，當他們不得意的時候，乃至當他們無聊的時候，總不免要談論人的——尤其是談論女孩子。玖，你又怎能厚非他們呢？他們連自己做了什麼也不曉得呢！

當然，人之論人難免有傷敦厚的地方，而且大多數的時候也有失真實。這有什麼辦法呢？人心不古，由來已久，而且我懷疑大概從來也沒有「古」過。此外，即使別人無心造謠，無心輕薄，但是由於不充分的了解，總難免說些令人傷心的話。人何嘗了解別人呢？許多藝術家在生前被視為瘋狂，死後卻又被奉為天縱之才，他們精心的傑作早已湮沒，隨手畫在桶底的畫兒卻能價值連城——他們何嘗被了解呢？又有許多文人在餓死了好些年以後忽然被人傳誦了，但傳誦的卻又是些什麼呢？陸放翁題詩無數，被人喜好的卻是〈釵頭鳳〉一詞。李義山空靈哀豔為晚唐詩宗，人們卻只愛猜測那幾首無題詩是送給誰的——他們又何嘗被認識呢？至於一首〈菩薩蠻〉是否李白所寫？千年來不知經過多少議論。一首〈生查子〉把朱淑真弄得身敗名裂，卻又有人說作者其實是歐陽修。人們何嘗能了解事實的真相呢？人們何嘗知道別人的深度呢？他們只是憑一時喜好，想怎樣說就怎樣說罷了。連昭然有名的歷史人物、連堂堂正正的學術問題，他們也任意評說。那麼，你我又算什麼呢？

其實人們何止不了解別人呢？人連自己也很少了解的。泰戈爾說：「人不能看到自己，你看見的只是自己的影子。」真的，我們只看到一個經過整修和裝飾的影子。那麼，又何必一定要苛求別人了解我們，用絲毫不差的尺度衡量我們？而且，玖，想想吧，在這個悲慘的世代裡有多少悲慘的命運。對於傷風的人你總會原諒他打噴嚏的。那麼，如果你能體恤一些痛苦煩躁而病態的心靈，你就不再介意他的毀謗了。玖，他是不得已的。他又何嘗不希望做一個快樂的人呢？他何嘗不明白說人閒話的無聊呢？他是身不由己的。如果你我站在他所立的地位上，處在他所受的煎熬中，玖，也許我們比他更壞上無數倍呢！所以，玖，原諒別人總是對的。饒恕是光，在肯饒恕的地方就有光明和歡愉。在黑茫茫的曠野中，饒恕如燈——先將自己的小屋照得通亮，然後又及於他人。玖，你的窗內常散出柔和的燈光嗎？

再者，往寬慰的地方想，你可以用那個父子騎驢的故事——反正你怎麼做都不會令所有的人滿意的。那麼，就漠視那些不值一顧的挑剔話吧！如果我們企圖努力圓滑、努力迎合每一個人，那又何苦呢？我們的父母不是為那些人而養育我們的。我們生存在世，自有我們獨立的意義，我們做我們認為合宜的事，我們想我們認為正確的思想，我們只對上帝負責。

當然，很可能有時候錯誤確實在我。那又何妨呢？一個能承認錯誤的人絕對比論斷錯誤的人高貴。我曾自一本書上看到一段話，令我終生不忘。當那位作者因為憤慨別人對他的不當批評而致信友人，她的朋友竟這樣回覆她：「如果我聽到有人這樣講我，我就要說：『是啊！朋友，但你說得還不到我一半壞呢！』」玖，如果我們不過分自高，我們將會發現我們並不如自己所想像的那麼完善、那麼無懈可擊。人活在世上如果只有愛護我們的朋友，而沒有菲薄我們的敵人，未始不是一種危險呢！

那麼，綜合看來，批評到底給了我們什麼傷害呢？什麼也沒有啊！如果我們是被冤枉的，我們仍然有心安理得的快樂。如果我們真正錯了，也正可聞過而喜。如果我們的名譽被破壞，以至某些人冷落我們，那就罷了，因為那些人本來就不是我的朋友。至於我們真正的朋友，如果聽到了那些言語，反而會更愛護我們、更護衛我們的。事實和時間會說明一切。將來我們這一代都要過去，都要成為陳蹟。在悠久漫長的光年宇宙裡，我們小小的閒愁悶氣顯得可憐而又可笑。

既然如此，玖，對我們來說沒有一件事是不好的，沒有一件事的發生是不值得快樂的，當颱風過境後不要說：「我失去我的劍蘭了。」你可以說：「我有一個好機會清掃我的院子了，否則的話我也許永遠想不起來這件事。」如果你丟失了十塊錢，不要嘆息你破了財，你仍然可以快活地說：「多麼好，讓我得到一個必須要謹慎的教訓，這個教訓比許多金子都寶貴呢！如果我現在不曾學會謹慎，也許將來我會因此丟掉我的性命呢！」所以，當謠言瀰漫的時候，不要認為你將受害了，你仍能因此受益的。不要躲避那塊粗礪的石頭，如果你敢於正視它、剖析它，或許你可以從其中得到意想不到的璧玉呢！

記得好些年前，我偶然看到一本很有名的字帖。那是王羲之的〈橘帖〉。使我為之神馳良久，那上面的字句極美：「奉橘三百枚，霜未降，未可多得。」我極喜歡那古意盎然的舊紙。那飄瀟自如的字體。但漸漸地，我更欣賞那簡捷的文句，嚮往那份淡遠的友誼。

而如今，年事漸長，我開始領悟一種更深的意義了。那是一個假日的下午，我坐在一位教授家中談天，一面剝著橘子。他吃了一口，對我說：「不甜，現在還沒有降霜，橘子是不會甜的。」我就忽然想起王羲之的〈橘帖〉來了，又想起我自己。更覺得我所有的果實都還是生硬而酸澀的。因為我們太少有經歷，太少有折磨了。我們太脆弱，我們簡直不配承受霜雪。

玖，在這草木零落的季節，我的心禁不住要反覆地想著那甘甜多汁的霜橘。玖，何不把某些令你不快的遭遇視作薄薄的飛霜呢？霜降以後，我們生命中每一顆果實都會成為飽滿而甜蜜的了。

晨星寥落，天是快要亮了。濃霧在窗外牽扯著、擁擠著，似乎要破窗而入。玖，經驗告訴我，早晨有霧的日子必然是晴天。我的心突然興奮起來，今天一定是個多陽光的日子了！玖，我願我早期的生命中也充滿瞬息即散的濃霧——這種迷離和寒冷是可以忍受的，因為光耀而漫長的白晝就要來了！

（一九六四、一、廿七）

地毯的那一端

德：

從疾風中走回來，覺得自己像是被浮起來了。山上的草香得那樣濃，讓我想到，要不是有這樣猛烈的風，恐怕空氣都會給香得凝凍起來！

我昂首而行，黑暗中沒有人能看見我的笑容。白色的菅芒在夜色中點染著涼意——這是深秋了，我們的日子在不知不覺中臨近了。我遂覺得，我的心像一張新帆，其中每一個角落都被大風吹得那樣飽滿。

星斗清而亮，每一顆都低低地俯下頭來。溪水流著，把燈影和星光都流亂了。我忽然感到一種幸福，那樣渾沌而又陶然的幸福。我從來沒有這樣親切地感受到造物的寵愛——真的，我們這樣平庸，我總覺得幸福應該給予比我們更好的人。

但這是真實的，第一張賀卡已經放在我的案上了。灑滿了細碎精緻的透明亮片，燈光下展示著一個閃爍而又真實的夢境。畫上的金鐘搖盪，遙遙地傳來美麗的迴響。我彷彿能聽見那悠揚的音韻，我彷彿能嗅到那沁人的玫瑰花香！而尤其讓我神往的，是那幾行可愛的祝詞：「願婚禮的記憶存至永遠，願你們的情愛與日俱增。」

是的，德，永遠在增進，永遠在更新，永遠沒有一個邊和底——六年了，我們護守著這份情誼，使它依然煥發，依然鮮潔，正如別人所說的，我們是幸運的。每次回顧我們的交往，我就彷彿走進博物館的長廊。其間每一處景物都意味著一段美麗的回憶，每一件東西都牽扯著一個動人的故事。

那樣久遠的事了。剛認識你的那年才十七歲，一個多麼容易錯誤的年紀！但是，我知道，我沒有錯。我生命中再沒有一件決定比這項更正確了。前天，大夥兒一起吃飯，你笑著說：「我這個笨人，我這輩子只做了一件聰明的事。」你沒有再說下去，妹妹卻拍手起來，說：「我知道了！」啊，德，我能夠快樂地說，我也知道。因為你做的那件聰明事，我也做了。

那時候，大學生活剛剛展開在我面前。臺北的寒風讓我每日思念南部的家。在那小小的閣樓裡，我呵著手寫蠟紙。在草木搖落的道路上，我獨自騎車去上學。生活是那樣黯淡，心情是那樣沉重。在我的日記上有這樣一句話：「我擔心，我會凍死在這小樓上。」而這時候，你來了。你那種毫無企冀的友誼四面環護著我，讓我的心觸及最溫柔的陽光。

我沒有兄長，從小我也沒有和男孩子同學過。但和你交往卻是那樣自在，和你談話又是那樣自在。有時候，我想，如果我是男孩子多麼好呢！我們可以一起去爬山，去泛舟。讓小船在湖裡隨意飄盪，任意停泊，沒有人會感到驚奇。好幾年以後，我將這些想法告訴你，你微笑地注視著我：「那，我可不願意，如果你真想做男孩子，我就做女孩。」而今，德，我沒有變成男孩子，但我們可以去遨遊，去做山和湖的夢。因為，我們將有更親密的關係了。啊，想像中終生相愛相隨是多麼美好！

那時候，我們穿著學校規定的卡其服。我新燙的頭髮又總是被風颳得亂蓬蓬的。想起來，我總不明白你為什麼那樣喜歡接近我。那年大考的時候，我蜷曲在沙發裡念書。你跑來，熱心地為我講解英文文法。好心的房東為我們送來一盤春捲，我慌亂極了，竟吃得灑了一裙子。你瞅著我說：「你真像我妹妹，她和你一樣大。」我窘得不知如何是好，只是一逕低著頭，假作抖那長長的裙幅。

那些日子真是冷極了。每逢沒有課的下午我總是留在小樓上，彈彈風琴，把一本拜爾琴譜都快翻爛了。有一天你對我說：「我常在樓下聽你彈琴。你好像常彈那首『甜蜜的家庭』。怎麼？在想家嗎？」我很感激你的竊聽，唯有你了解、關切我淒楚的心情。德，那個時候，當你獨自聽著的時候，你想些什麼呢？你想到有一天我們會組織一個家庭嗎？你想到我們要用一生的時間以心靈的手指合奏這首歌嗎？

寒假過後，你把那疊泰戈爾詩集還給我。你指著其中一行請我看：「如果你不能愛我，就請原諒我的痛苦吧！」我於是知道發生什麼事了。我不希望這件事發生，我真的不希望。並非由於我厭惡你，而是因為我太珍重這份素淨的友誼，反倒不希望有愛情去加深它的色彩。

但我卻樂於和你繼續交往。你總是給我一種安全穩妥的感覺。從頭起，我就付給你我全部的信任，只是，當時我心中總嚮往著那種傳奇式的、驚心動魄的戀愛。並且喜歡那麼一點點的悲劇氣氛。為著這些可笑的理由，我耽延著沒有接受你的奉獻。我奇怪你為什麼仍作那樣固執的等待。

你那些小小的關懷常令我感動。那年聖誕節你把得來不易的幾顆巧克力糖，全部拿來給我了。我愛吃筍豆裡的筍子，唯有你注意到，並且耐心地為我挑出來。我常常不曉得照料自己，唯有你想到用自己的外衣披在我身上。（我至今不能忘記那衣服的溫暖，它在我心中象徵了許多意義。）是你，敦促我讀書。是你，容忍我偶發的氣性。是你，仔細糾正我寫作的錯誤，是你，教導我為人的道理。如果說，我像你的妹妹，那是因為你太像我大哥的緣故。

後來，我們一起得到學校的工讀金，分配給我們的是打掃教室的工作。每次你總強迫我放下掃帚，我便只好遙遙地站在教室的末端，看你奮力工作。在炎熱的夏季裡，你的汗水滴落在地上。我無言地站著，等你掃好了，我就去撣撣桌椅，並且幫你把它們排齊。每次，當我們目光偶然相遇的時候，總感到那樣興奮，我們是這樣地彼此了解，我們合作的時候總是那樣完美。我注意到你手上的硬繭，它們把那虛幻的字眼十分具體地說明了。我們就在那飛揚的塵影中完成了大學課程——我們的經濟從來沒有富裕過；我們的日子卻從來沒有貧乏過。我們活在夢裡，活在詩裡，活在無窮無盡的彩色希望裡。記得有一次我提到瑪格麗特公主在她婚禮中說的一句話：「世界上從來沒有兩個人像我們這樣快樂過。」你毫不在意地說，「那是因為他們不認識我們的緣故。」我喜歡你的自豪，因為我也如此自豪著。

我們終於畢業了，你在掌聲中走到臺上，代表全系領取畢業證書。我的掌聲也夾在眾人之中，但我知道你聽到了。在那美好的六月清晨，我的眼中噙著欣喜的淚。我感到那樣驕傲，我第一次分沾你的成功，你的光榮。

「我在臺上偷眼看你，」你把繫著彩帶的紙卷交給我，「要不是中國風俗如此，我一走下臺來就要把它送到你面前去的。」

我接過它，心裡垂著沉甸甸的喜悅。你站在我面前，高昂而謙和、剛毅而溫柔。我忽然發現，我關心你的成功，遠遠超過我自己的。

那一年，你在軍中。在那樣忙碌的生活中，在那樣辛苦的演習裡，你卻那樣努力地準備研究所的考試。我知道，你是為誰而作的。在淒長的分別歲月裡，我開始了解，存在於我們中間的是怎樣一種感情。你來看我，把南部的冬陽全帶來了。那厚呢的陸戰隊軍服重新喚起我童年時期對於號角和戰馬的夢。我一直沒有告訴你，當時你臨別敬禮的鏡頭烙在我心上有多深。

我幫著你搜集資料，把抄來的範文一篇篇斷句、注釋。我那樣竭力地做，懷著無上的驕傲。這件事對我而言有太大的意義。這是第一次，我和你共赴一件事。所以當你把錄取通知轉寄給我的時候，我竟忍不住哭了。德，沒有人經歷過我們的奮鬥，沒有人像我們這樣相期相勉，沒有人多年來在冬夜圖書館的寒燈下彼此伴讀。因此，也就沒有人了解成功帶給我們的興奮。

我們又可以見面了，能見到真真實實的你是多麼幸福。我們又可以去作長長的散步，又可以蹲在舊書攤上享受一個閒散黃昏。我永不能忘記那次去泛舟。回程的時候，忽然起了大風。小船在湖裡直打轉，你奮力搖櫓，累得一身都汗濕了。

「我們的道路也許就是這樣吧！」我望著平靜而險惡的湖面說，「也許我使你的負擔更重了。」

「我不在意，我高興去搏鬥！」你說得那樣急切，使我不敢正視你的目光，「只要你肯在我的船上，曉風，你是我最甜蜜的負荷。」

那天我們的船順利地攏了岸。德，我忘了告訴你，我願意留在你的船上，我樂於把舵手的位置給你。沒有人能給我像你給我的安全感。

只是，人海茫茫，哪裡是我們共濟的小舟呢？這兩年來，為著成家的計畫，我們勞累到幾乎虐待自己的地步。每次，你快樂的笑容總鼓勵著我。

那天晚上你送我回宿舍，當我們邁上那斜斜的山坡，你忽然駐足說：「我在地毯的那一端等你！我等著你，曉風，直到你對我完全滿意。」

我抬起頭來，長長的道路伸延著，如同聖壇前柔軟的紅毯。我遲疑了一下，便踏向前去。

現在回想起來，已不記得當時是否是個月夜了，只覺得你誠摯的言詞閃爍著，在我心中亮起一天星月的清輝。

「就快了！」那以後你常樂觀地對我說，「我們馬上就可以有一個小小的家。你是那屋子的主人，你喜歡吧？」

我喜歡的，德，我喜歡一間小小的陋屋。到天黑時分我便去拉上長長的落地窗簾，撚亮柔和的燈光，一同享受簡單的晚餐。但是，哪裡是我們的家呢？哪兒是我們自己的宅院呢？

你借來一輛半舊的腳踏車，四處去打聽出租的房子，每次你疲憊不堪地回來，我就感到一種痛楚。

「沒有合意的，」你失望地說，「而且太貴，明天我再去看。」

我沒有想到有那麼多困難，我從不知道成家有那麼多瑣碎的事，但至終我們總算找到一棟小小的屋子了。有著窄窄的前庭，以及矮矮的榕樹。朋友笑它小得像個巢，但我已經十分滿意了。無論如何，我們有了可以憩息的地方。當你把鑰匙交給我的時候，那重量使我的手臂幾乎為之下沉。它讓我想起一首可愛的英文詩：「我是一個持家者嗎？哦，是的。但不止，我還得持護著一顆心。」我知道，你交給我的鑰匙也不只此數。你心靈中的每一個空間我都持有一枚鑰匙，我都有權逕行出入。

亞寄來一卷錄音帶，隔著半個地球，他的祝福依然厚厚地繞著我。那樣多好心的朋友來幫我們整理。擦窗子的，補紙門的，掃地的，掛畫兒的，插花瓶的，擁擁熙熙地擠滿了一屋子。我老覺得我們的小屋快要炸了，快要被澎湃的愛情和友誼撐破了。你覺得嗎？他們全都興奮著，我怎能不興奮呢？我們將有一個出色的婚禮，一定的。

這些日子我總是累著。去試禮服，去訂鮮花，去買首飾，去選窗簾的顏色。我的心像一座噴泉，在陽光下湧溢著七彩的水珠。各種奇特複雜的情緒使我眩昏。有時候我也分不清自己是在快樂還是在茫然，是在憂愁還是在興奮。我眷戀著舊日的生活，它們是那樣可愛。我將不再住在宿舍裡，享受陽臺上的落日。我將不再偎在母親的身旁，聽她長夜話家常。而前面的日子又是怎樣的呢？德，我忽然覺得自己好像要被送到另一個境域裡去了。那裡的道路是我未走過的，那裡的生活是我過不慣的，我怎能不惴惴然呢？如果說有什麼可以安慰我的，那就是：我知道你必定和我一同前去。

冬天就來了，我們的婚禮在即。我喜歡選擇這季節，好和你廝守一個長長的嚴冬。我們屋角裡不是放著一個小火爐嗎？當寒流來時，我願其中常閃耀著炭火的紅光。我喜歡我們的日子從黯淡凜冽的季節開始，這樣，明年的春花才對我們具有更美的意義。

我即將走入禮堂，德，當結婚進行曲奏響的時候，父親將挽著我，送我走到壇前，我的步履將凌過如夢如幻的花香。那時，你將以怎樣的微笑迎接我呢。

我們已有過長長的等待，現在只剩下最後的一段了。等待是美的，正如奮鬥是美的一樣，而今，鋪滿花瓣的紅毯伸向兩端，美麗的希冀盤旋而飛舞。我將去即你，和你同去採擷無窮的幸福。當金鐘輕搖，蠟炬燃起，我樂於走過眾人去立下永恆的誓願。因為，哦，德，因為我知道，是誰，在地毯的那一端等我。

（一九六四、十二、四）

魔季

藍天打了蠟，在這樣的春天。在這樣的春天，小樹葉兒也都上了釉彩。世界，忽然顯得明朗了。

我沿著草坡往山上走，春草已經長得很濃了。唉，春天老是這樣的，一開頭，總慣於把自己藏在峭寒和細雨的後面。等真正一揭了紗，卻又謙遜地為我們延來了長夏。

山容已經不再是去秋的清瘦了，那白絨絨的菅芒花海也都退潮了。相思樹是墨綠的，荷葉桐是淺綠的，新生的竹子是翠綠的，剛冒尖兒的小草是黃綠的。還是那些老樹的蒼綠，以及藤蘿植物的嫩綠，熙熙攘攘地擠滿了一山。我慢慢走著，我走在綠之上，我走在綠之間，我走在綠之下。綠在我裡，我在綠裡。

陽光的酒調得很淡，卻很醇，淺淺地斟在每一個杯形的小野花裡。到底是一位怎樣的君王要舉行野宴？何必把每個角落都布置得這樣豪華雅致呢？讓走過的人都不免自覺寒酸了。

那片大樹下的厚氈是我們坐過的，在那年春天。今天我走過的時候，它的柔軟仍似當年，它的鮮綠仍似當年，甚至連織在上面的小野花也都嬌美如昔。啊，春天，那甜甜的記憶又回到我的心頭來了——其實不是回來，它一直存在著的！我禁不住怯怯地坐下，喜悅的潮音低低地迴響著。

清風在細葉間穿梭，跟著它一起穿梭的還有蝴蝶。啊，不快樂真是不合理的——在春風這樣的旋律裡。所有柔嫩的枝葉都被邀舞了，窸窣地響起一片搭虎綢和細紗相擦的衣裙聲。四月是音樂季呢！（我們有多久不聞絲竹的聲音了？）寬廣的音樂臺上，響著甜美渺遠的木簫，古典的七弦琴，以及琮琮然的小銀鈴，合奏著繁複而又和諧的曲調。

我們已把窗外的世界遺忘得太久了，我們總喜歡過著四面混凝土的生活。我們久已不能像那些溪畔草地上執竿的牧羊人，以及他們僅避風雨的帳棚。我們同樣也久已不能想像那些在隴畝間荷鋤的莊稼人，以及他們只足容膝的茅屋。我們不知道腳心觸到青草時的恬適，我們不曉得鼻腔遇到花香時的興奮。真的，我們是怎麼會痴騃得那麼厲害的！

那邊，清澈的山澗流著，許多淺紫、嫩黃的花瓣上下飄浮，像什麼呢？我似乎曾經想畫過這樣一張畫——只是，我為什麼如此想畫呢？是不是因為我的心底也正流著這樣一帶澗水呢？是不是由於那其中也正輕攪著一些美麗虛幻的往事和夢境呢？啊，我是怎樣珍惜著這些花瓣啊，我是多麼想掬起一把來作為今早的晨餐啊！

忽然，走來一個小女孩。如果不是我看過她，在這樣薄霧未散盡，陽光詭譎閃爍的時分，我真要把她當作一個小精靈呢！她慢慢地走著，好一個小山居者，連步履也都出奇地舒緩了。她有一種天生的屬於山野的純樸氣質，使人不由己地想逗她說幾句話。

「你怎麼不上學呢？凱凱。」

「老師說，今天不上學，」她慢條斯理地說：「老師說，今天是春天，不用上學。」

啊，春天！噢！我想她說的該是春假，但這又是多麼美的語誤啊！春天我們該到另一所學校去念書的。去念一冊冊的山，一行行的水。去速記風的演講，又計數驟雲的變化。真的，我們的學校少開了許多的學分，少聘了許多的教授。我們還有許多值得學習的，我們還有太多應該效法的，真的呢，春天絕不該想雞兔同籠，春天也不該背盎格魯撒克遜人的土語，春天更不該收集越南情勢的資料卡。春天春天，春天來的時候，我們真該學一學鳥兒，站在最高的枝柯上，抖開翅膀來，曬曬我們潮濕已久的羽毛。

那小小的紅衣山居者很好奇地望著我，稍微帶著一些打趣的神情。

我想跟她說些話，卻又不知道該講些什麼。終於沒有說——我想所有我能教她的，大概春天都已經教過她了。

慢慢地。她俯下身去，探手入溪。花瓣便從她的指間閒散地流開去。她的頰邊忽然漾開一種奇異的微笑，簡單的、歡欣的、卻又是不可捉摸的笑。我又忍不住叫了她一聲——我實在仍然懷疑她是筆記小說裡的青衣小童。（也許她穿舊了那襲青衣，偶然換上這件紅的吧！）我輕輕地摸著她頭上的蝴蝶結。

「凱凱。」

「嗯？」

「你在幹什麼？」

「我，」她躊躇了一下，茫然地說：「我沒幹什麼呀！」

多色的花瓣仍然在多聲的澗水中淌過，在她肥肥白白的小手旁邊亂旋。忽然，她把手一握，小拳頭裡握著幾片花瓣。她高興地站起身來，將花瓣往小小紅裙裡一兜，便哼著不成腔的調兒走開了。

我的心像是被什麼擊了一下，她是誰呢？是小凱凱嗎？還是春花的精靈呢？抑或，是多年前那個我自己的重現呢？在江南的那個環山的小城裡，不也住過一個穿紅衣服的小女孩嗎？在春天的時候她不是也愛坐在矮矮的斷牆上，望著遠遠的藍天而沉思嗎？她不是也愛去採花嗎？爬在樹上，弄得滿頭滿臉的都是亂撲撲的桃花瓣兒。等回到家，又總被母親從衣領裡抖出一大把柔柔嫩嫩的粉紅。她不是也愛水嗎？她不是一直夢想著要釣一尾金色的魚嗎？（可是從來不曉得要用釣鉤和釣餌。）每次從學校回來，就到池邊去張望那根細細的竹竿。俯下身去，什麼也沒有——除了那張又圓又憨的小臉。啊，那個孩子呢？那個躺在小溪邊打滾，直揉得小裙子上全是草汁的孩子呢？她隱藏到什麼地方去了呢？

在那邊，那一帶疏疏的樹蔭裡，幾隻毛茸茸的小羊在嚙草、較大的那隻母羊很安詳地躺著。我站得很遠，心裡想著如果能摸摸那羊毛該多麼好。牠們吃著、嬉戲著、笨拙的上下跳躍著。啊，春天，什麼都是活潑潑的，都是喜洋洋的，都是嫩嫩的，都是茸茸的，都是叫人喜歡得不知怎麼是好的。

稍往前走幾步，慢慢進入一帶濃烈的花香。暖融融的空氣裡加調上這樣的花香真是很醉人的。我走過去，在那很陡的斜坡上，不知什麼人種了一株栀子花。樹很矮，花卻開得極璀璨，白瑩瑩的一片，連樹葉都幾乎被遮光了。像一列可以採摘的六角形星子，閃爍著清淺的眼波。這樣小小的一棵樹，我想，她是拚卻了怎樣的氣力才綻出這樣的一樹春華呢？四下裡很靜，連春風都被甜得膩住了——我忽然發現自己已經站了很久，哦，我莫不是也被膩住了吧！

酢漿草軟軟地在地上攤開、渾樸、茂盛，那氣勢竟把整個山頂壓住了。那種愉快的水紅色，映得我的臉都不自覺地熱起來了！

山下，小溪蜿蜒。從高處俯視下去，陽光的小鏡子在溪面上打著明晃晃的信號。啊，春天多叫人迷惘啊！它究竟是怎麼回事呢？是誰負責管理這最初的一季呢？他想來應該是一個神奇的魔術師了，當他的魔術棒一招，整個地球便美妙地縮小了，縮成一束花球，縮成一方小小的音樂匣子。他把色與光給了世界，把愛與笑給了人類。啊，春天，這樣的魔術季！

小溪比冬天漲高了，遠遠看去，那個負薪者正慢慢地涉溪而過。啊，走在春水裡又是怎樣的滋味呢？或許那時候會恍然以為自己是一條魚吧？想來做一個樵夫真是很幸福的，肩上挑著的是松香，（或許還夾雜著些山花野草吧！）腳下踏的是碧色玻璃，（並且是最溫軟的，最明媚的一種。）身上的灰布衣任山風去刺繡，腳下的破草鞋任野花去穿綴。嗯，做一個樵夫真是很叫人嫉妒的。

而我，我沒有溪水可涉，只有大片大片的綠羅裙一般的芳草，橫生在我面前。我雀躍著，跳過青色的席夢思。山下陽光如潮，整個城市都沉浸在春裡了。我遂想起我自己的那扇紅門，在四月的陽光裡，想必正煥發著紅瑪瑙的色彩吧！

他在窗前坐著，膝上放著一本布瑞克的《國際法案》，看見我便迎了過來。我幾乎不能相信，我們已在一個屋頂下生活了一百多個日子。恍惚之間，我只覺得這兒仍是我們共同讀書的校園。而此刻，正是含著驚喜在樓梯轉角處偶然相逢的一剎那。不是嗎？他的目光如昔，他的聲音如昔，我怎能不誤認時空呢？尤其在這樣熟悉的春天，這樣富於傳奇氣氛的魔術季。

前庭裡，榕樹抽著纖細的小芽兒。許多不知名的小黃花正搖曳著，像一串晶瑩透明的夢。還有古雅的蕨草，也善意地延著牆角一路滾著蕾絲花邊。啊，什麼時候我們的前庭竟變成一列窄窄的植物畫廊了。

我走進屋裡，扭亮檯燈，四下便烘起一片熟杏的顏色。夜已微涼，空氣中沁著一些淒迷的幽香。我從書裡翻出那朵梔子花，是早晨自山間採來的，我小心地把它夾入厚厚的大字典裡。

「是什麼？好香，一朵花嗎？」

「可以說是一朵花吧，」我遲疑了一下：「而事實上是一九六五年的春天——我們所共同盼來的第一個春天。」

我感到我的手被一隻大而溫熱的手握住，我知道，他要對我講什麼話了。

遠處的鳥啼錯雜地傳過來，那聲音紛落在我們的小屋裡，四下遂幻出一種林野的幽深——春天該是很濃了，我想。

（一九六五、五、二）

雨天的書

一

我不知道，天為什麼無端落起雨來了。薄薄的水霧把山和樹隔到更遠的地方去，我的窗外遂只剩下一片遼闊的空茫了。

想你那裡必是很冷了吧？另芳。青色的屋頂上滾動著水珠子，滴瀝的聲音單調而沉悶，你會不會覺得很寂寥呢？

你的信仍放在我的梳妝臺上，摺得方方正正的，依然是當日的手痕。我以前沒見過你；以後也找不著你，我所能持有的，也不過就是這一片模模糊糊的痕蹟罷了。另芳，而你呢？你沒有我隻字片語，等到我提起筆，卻又沒有人能為我傳遞了。

冬天裡，南馨拿著你的信來。細細斜斜的筆蹟，優雅溫婉的話語。我很高興看你的信，我把它和另外一些信件並放著。它們總是給我鼓勵和自信，讓我知道，當我在燈下執筆的時候，實際上並不孤獨。

另芳，我沒有即時回你的信，人大了，忙的事也就多了。後悔有什麼用呢？早知道你是在病榻上寫那封信，我就去和你談談，陪你出去散步，一同看看黃昏時候的落霞。但我又怎麼想像得到呢？十七歲，怎麼能和死亡聯想在一起呢？死亡，那樣冰冷陰森的字眼，無論如何也不該和你發生關係的。這齣戲結束得太早，遲到的觀眾只好望著合攏的黑絨幕黯然了。

雨仍在落著，頻頻叩打我的玻璃窗。雨水把世界布置得幽冥昏黯，我不由幻想你打著一把小傘，從芳草沒脛的小路上走來，走過生，走過死，走過永恆。

那時候，放了寒假。另芳，我心裡其實一直是惦著你的。只是找不著南馨，沒有可以傳信的人。等開了學，找著了南馨，一問及你，她就哭了。另芳，我從來沒有這樣恨自己。另芳，如今我向哪一條街寄信給你呢？有誰知道你的新地址呢？

南馨寄來你留給她的最後字條，捧著它，使我泫然。另芳，我算什麼呢？我和你一樣，是被送來這世界觀光的客人。我帶著驚奇和喜悅看青山和綠水，看生命和知識。另芳，我有什麼特別值得一顧的呢？只是我看這些東西的時候比別人多了一份衝動，便不由得把它記錄下來了。我究竟有什麼值得結識的呢？那些美得叫人痴狂的東西沒有一樣是我創造的，也沒有一件是我經營的，而我那些僅有的記錄，也是破碎支離，幾乎完全走樣的，另芳，聰慧如你，為什麼念念要得到我的信呢？

「她死的時候沒有遺憾，」南馨說，「除了想你的信。你能寫一封信給她嗎？我要燒給她——我是信耶穌的，我想耶穌一定會拿給她的。」

她是那樣天真，我是要寫給你的，我一直想著要寫的，我把我的信交給她，但是，我想你已經不需要它了。你此刻在做什麼呢？正在和鼓翼的小天使嬉戲吧？或是拿軟軟的白雲捏人像吧？（你可曾塑過我的？）再不然就一定是在茂美的林園裡傾聽金琴的輕撥了。

另芳，想像中，你是一個纖柔多愁的影子，皮膚是細緻的淺黃，眉很濃，眼很深，嘴唇很薄（但不愛說話），是嗎？常常穿著淡藍色的衣裙，喜歡望著簾外的落雨而出神，是嗎？另芳，或許我們真是不該見面的，好讓我想像中的你更為真切。

另芳，雨仍下著，淡淡的哀愁在雨裡飄零。遙想你墓地上的草早該綠透了，但今年春天你卻沒有看見。想像中有一朵白色的小花開在你的墳頭，透明而蒼白，在雨中幽幽地抽泣。

而在天上，在那燦爛的靈境上，是不是也正落著陽光的雨，落花的雨和音樂的雨？另芳，請俯下你的臉來，看我們，以及你生長過的地方。或許你會覺得好笑，便立刻把頭轉開了。你會驚訝地自語：「那些年，我怎麼那麼痴呢？其實，那些事不是都顯得很滑稽嗎？」

另芳，你看，寫了這樣多。是的，其實寫這些信也很滑稽，在永恆裡你已不需要這些了。但我還是要寫，我許諾過要寫的。

或者，明天早晨，小天使會在你的窗前放一朵白色的小花，上面滾動著無數銀亮的小雨珠。

「這是什麼？」

「這是我們在地上發現的，有一個人，寫了一封信給你，我們不願把那樣拙劣的文字帶了進來，只好把它化成一朵小白花了——你去念吧，她寫的都在裡面了。」

那細碎質樸的小白花遂在你的手裡輕顫著。另芳，那時候，你怎樣想呢？它把什麼都說了，而同時，它什麼也沒有說。那一片白，亂簌簌地搖著，模模糊糊地搖著你生前曾喜愛過的顏色。

那時候，我願看到你的微笑，隱約而又淺淡，映在花疊的水珠裡——那是我從來沒有看見，並且也沒有想像過的。

二

細緻的湘簾外響起潺潺的聲音，雨絲和簾子垂直地交織著，遂織出這樣一個朦朧黯淡而又多愁緒的下午。

山徑上兩個頂著書包的孩子在跑著、跳著、互相追逐著。她們不像是雨中的行人，倒像是在過潑水節了。一會兒，她們消逝在樹叢後面，我的面前重新現出濕濕的綠野，低低的天空。

手裡握著筆，滿紙畫的都是人頭。上次念心理系的王說，人所畫的，多半是自己的寫照。而我的人像都是沉思的，嘴角有一些悲憫的笑意。那麼，難道這些都是我嗎？難道這些身上穿著曳地長裙，右手握著檀香摺扇，左手擎著小花陽傘的都是我嗎？咦，我竟是那個樣子嗎？

一張信箋攤在玻璃板上，白而又薄。信債欠得太多了，究竟今天先還誰的呢？黃昏的雨落得這樣憂愁，那千萬隻柔柔的纖指撫弄著一束看不見的弦索，輕挑慢撚，觸著的總是一片淒涼悲愴。

那麼，今日的信寄給誰呢？誰願意看一帶灰色的煙雨呢？但是，我的眼前又沒有萬里晴嵐，這封信卻怎麼寫呢？

這樣吧，寄給自己，那個逝去的自己。寄給那個聽小舅講「灰姑娘」的女孩子，寄給那個跟父親念「新豐折臂翁」的中學生。寄給那個在水邊靜坐的織夢者，寄給那個在窗前扶頭的沉思者。

但是，她在哪裡呢？就像剛才那兩個在山徑上嬉玩的孩童，倏忽之間，便無法追尋了。而那個「我」呢？你隱藏到哪一處樹叢後面去了呢？

你聽，雨落得這樣溫柔，這不是你所盼望的雨嗎？記得那一次，你站在後庭裡，抬起頭，讓雨水落在你張開的口裡，那真是很好笑的。你又喜歡一大清早爬起來，到小樹葉下去找雨珠兒。很小心地放在寫算術用的化學墊板上，高興得像是得了一滿盤珠寶。你真是很富有的孩子，真的。

什麼時候你又走進中學的校園了。在遮天的古木下，聽隆然的雷聲，看松鼠在枝間亂跳，你忽然歡悅起來。你的欣喜有一種原始的單純和熱烈，使你生起一種欲舞的意念。但當天空陡然變黑，暴風夾雨而至的時候，你就突然靜穆下來，帶著一種虔誠的敬畏。你是喜歡雨的，你是一向如此。

那年夏天，教室後面那棵花樹開得特別燦美，你和芷同時都發現了。那些嫩枝被成串的黃花壓得低垂下來，一直垂到小樓的窗口。每當落雨時分，那些花串兒就變得透明起來，美得讓人簡直不敢喘氣。

那天下課的時候，你和芷站在窗前。花在雨裡，雨在花裡，你們遂為那些聲音，那些顏色顛倒了。但漸漸地，那些聲音和顏色也悄然退去，你們遂迷失在生命早年的夢裡。猛回頭，教室竟空了，才想起那一節是音樂課，同學們都走光了，到音樂教室上課去了。那天老師沒罵你們，真是很幸運的——不過他本來就不該罵你們，你們在聽夏日花雨的組曲呢！

漸漸地，你會憂愁了。當夜間，你不自禁地去聽竹葉滴雨的微響；

當秋初，你勉強念著「留得殘荷聽雨聲」，你就模模糊糊地為自己拼湊起一些哀愁了。你愁著什麼呢？你不能回答——你至今都不能回答。你不能抑制自己去喜歡那些蒼涼的景物，又不能保護著自己不受那種愁緒的感染。其實，你是不必那麼善感的，你看，別人家都忙自己的事，偏是你要愁那不相干的愁。

年齒漸長，慢慢也會遭逢一點人事了，只是很少看到你心平氣和過，並且總是帶著鄙夷，看那些血氣衰敗到不得不心平氣和的人。在你，愛是火熾的，恨是死冰的，同情是淵深的，哀愁是層疊的。但是，誰知道呢？人們總說你是文靜的，只當你是溫柔的。他們永遠不了解，你所以愛陽光，是欽慕那種光明；你所以愛雨水，是嚮往那份淋漓。但是，誰知道呢？

當你讀到《論語》上那句「知其不可而為之」，忽然血如潮湧，幾天之久不能安座。你從來沒有經過這樣大的暴雨——在你的思想和心靈之中。你彷彿看見那位聖人的終生顛沛，因而預感到自己的一部分命運。但你不能不同時感到欣慰，因為許久以來，你所想要表達的一個意念，竟在兩千年前的一部典籍上出現了。直到現在，一想起這句話，你心裡總激動得不能自已。你真是傻得可笑，你。

憑窗望去，雨已看不分明，黃昏竟也過去了。只是那清晰的聲音仍然持續，像樂譜上一個延長符號。那麼，今夜又是一個淒零的雨夜了。你在哪裡呢？你願意今宵來入夢嗎？帶我到某個舊遊之處去走走吧！南京的古老城牆是否已經苔滑？柳州的峻拔山水是否也已剝落？

下一次寫信是什麼時候呢？我不知道。當有一天我老的時候，或許會寫一封很長的信給你呢！我不希望你接到一封有譴責意味的信，我是多麼期望能寫一封感謝和讚美的信啊！只是，那時候的你配得到它嗎？

雨聲滴答，寥落而美麗。在不經意的一瞥中，忽然發現小室裡的燈光竟是這般溫柔；同時，在不經意的回顧裡，你童稚的光輝竟也在遙遠的地方閃爍。而我呢？我的光芒呢？真的，我的光芒呢？在許多年之後，當我桌上這盞燈燃盡了，世上還有沒有其他的光呢？哦，我的朋友，我不知道那麼多，只願那時候你我仍發著光，在每個黑暗淒冷的雨夜裡。

（一九六五、五、廿八）

秋天・秋天

滿山的牽牛藤起伏，紫色的小浪花一直沖擊到我的窗前才猛然收勢。

陽光是耀眼的白，像錫，像許多發光的金屬。是哪個聰明的古人想起來以木象春而以金象秋的？我們喜歡木的青綠，但我們怎能不欽仰金屬的燦白？

對了，就是這燦白，閉著眼睛也能感到的。在雲裡，在菅芒中，在滿山的翠竹上，在滿谷的長風裡，這樣亂撲撲地壓了下來。

在我們的城市裡，夏季上演得太長，秋色就不免出場得晚些。但秋天是永遠不會給弄混淆的、堅硬明朗的金屬季。讓我們從微涼的松風中去認取，讓我們從新刈的草香中去認取。

已經是生命中第二十五個秋天了，卻依然這樣容易激動。正如一個詩人說的：

「依然迷信著美。」

是的，到第五十個秋天來的時候，對於美，我怕是還要這樣執迷的。

那時候，在南京，剛剛開始記得一些零碎的事，畫面裡常出現一片美麗的郊野，我悄悄地從大人身邊走開，獨自坐在草地上。梧桐葉子開始簌簌地落著，簌簌地落著，把許多神祕的美感一起落進我的心裡來了。我忽然迷亂起來，小小的心靈簡直不能承受這種興奮。我就那樣迷亂地撿起一片落葉。葉子是黃褐色的，彎曲的，像一隻載著夢的小船，而且在船舷上又長著兩粒美麗的梧桐子。每起一陣風我就在落葉的雨中穿梭，拾起一地的梧桐子。必有一兩顆我所未拾起的梧桐子在那草地上發了芽吧？二十年了，我似乎又能聽到遙遠的西風，以及風裡簌簌的落葉。我仍然能看見那載著夢的船，航行在草原裡，航行在一粒種子的希望裡。

又記得小陽臺上的黃昏，視線的盡處是一列古老的城牆。在暮色和秋色的雙重蒼涼裡，往往不知什麼人又加上一陣笛音的蒼涼。我喜歡這種淒清的美，莫名所以地喜歡。小舅舅曾經帶我一直走到城牆的旁邊，那些斑駁的石頭，蔓生的亂草，使我有一種說不出的感動。長大了讀辛稼軒的詞，對於那種沉鬱悲涼的意境總覺得那樣熟悉，其實我何嘗熟悉什麼詞呢？我所熟悉的只是古老南京城的秋色罷了。

後來，到了柳州，一城都是山，都是樹。走在街上，兩旁總夾著橘柚的芬芳，學校前面就是一座山，我總覺得那就是地理課本上的十萬大山。秋天的時候，山容澄清而微黃，藍天顯得更高了。

「媛媛，」我懷著十分的敬畏問我的同伴，「你說，教我們美術的龔老師能不能畫下這個山？」

「能，他能。」

「能嗎？我是說這座山全部。」

「當然能，當然，」她熱切地喊著，「可惜他最近打籃球把手摔壞了，要不然，全柳州、全世界他都能畫呢。」

沉默了好一會。

「是真的嗎？」

「真的，當然真的。」

我望著她，然後又望著那座山，那神聖的、美麗的、深沉的秋山。

「不，不可能。」我忽然肯定地說，「他不會畫，一定不會。」

那天的辯論後來怎樣結束，我已不記得了。而那個叫媛媛的女孩子和我已經闊別了十幾年。如果我能重見她，我仍會那樣堅持的。

沒有人會畫那樣的山，沒有人能。

媛媛，你呢？你現在承認了嗎？前年我碰到一個叫媛媛的女孩子，就急急地問她，她卻笑著說已經記不得住過柳州沒有了。那麼，她不會是你了。沒有人能忘記柳州的，沒有人能忘記那蒼鬱的、沉雄的、微帶金色的、不可描摹的山。

而日子被西風颳盡了，那一串金屬性的、有著歡樂叮噹聲的日子。終於，人長大了，會念〈秋聲賦〉了，也會騎在自行車上，想像著陸放翁「飽將兩耳聽秋風」的情懷了。

秋季旅行，相片冊裡照例有發光的記憶，還記得那次倦遊回來，坐在遊覽車上。

「你最喜歡哪一季呢？」我問芷。

「秋天。」她簡單地回答，眼睛裡凝聚了所有美麗的秋光。

我忽然歡欣起來。

「我也是，啊，我們都是。」

她說了許多秋天的故事給我聽，那些山野和鄉村裡的故事。她又向我形容那個她常在它旁邊睡覺的小池塘，以及林間說不完的果實。

車子一路走著，同學沿站下車，車廂裡越來越空虛了。

「芷，」我忽然垂下頭來，「當我們年老的時候，我們生命的同伴一個個下車了，座位慢慢地稀鬆了，你會怎樣呢？」

「我會很難過。」她黯然地說。

我們在做什麼呢？芷，我們只不過說了些小女孩的傻話罷了，那種深沉的、無可如何的搖落之悲，又豈是我們所能了解的。

但，不管怎樣，我們一起躲在小樹叢中念書，一起說夢話的那段日子是美的。

而現在，你在中部的深山裡工作，像傳教士一樣地工作著，從心裡愛那些樸實的山地靈魂。今年初秋我們又見了一次面，興致仍然那樣好，坐在小渡船裡，早晨的淡水河還沒有揭開薄薄的藍霧，櫓聲琅然，你又繼續你的山林故事了。

「有時候，我向高山上走去，一個人，慢慢地翻越過許多山嶺。」你說，「忽然，我停住了，發現四壁都是山！都是雄偉的、插天的青色！我吃驚地站著，啊，怎麼會那樣美！」

我望著你，芷，我的心裡充滿了幸福。分別這樣多年了，我們都無恙，我們的夢也都無恙——那些高高的、不屬於地平線上的夢。

而現在，秋在我們這裡的山中已經很濃很白了。偶然落一陣秋雨，薄寒襲人，雨後常常又現出冷冷的月光，不由人不生出一種悲秋的情懷。你那兒呢？窗外也該換上淡淡的秋景了吧？秋天是怎樣地適合故人之情，又怎樣地適合銀銀亮亮的夢啊！

隨著風，紫色的浪花翻騰，把一山的秋涼都翻到我的心上來了。我愛這樣的季候，只是我感到我愛得這樣孤獨。

我並非不醉心春天的溫柔，我並非不嚮往夏天的熾熱，只是生命應該嚴肅、應該成熟、應該神聖，就像秋天所給我們的一樣。然而，誰懂呢？誰知道呢？誰去欣賞深度呢？

遠山在退，遙遙地盤結著平靜的黛藍。而近處的木本珠蘭仍香著，（香氣真是一種權力，可以統轄很大片的土地。）溪水從小夾縫裡奔竄出來，在原野裡寫著沒有人了解的行書，它是一首小令，曲折而明快，用以描繪純淨的秋光的。

而我的扉頁空著，我沒有小令，只是我愛秋天，以我全部的虔誠與敬畏。

願我的生命也是這樣的，沒有太多絢麗的春花、沒有太多飄浮的夏雲、沒有喧譁、沒有旋轉著的五彩，只有一片安靜純樸的白色，只有成熟生命的深沉與嚴肅，只有夢，像一樹紅楓那樣熱切殷實的夢。

秋天，這堅硬而明亮的金屬季，是我深深愛著的。

（一九六五、十、十七）

細細的潮音

每到月盈之夜，我恍惚總能看見一幢築在懸崖上的小木屋，正啟開它的每一扇窗戶，諦聽遠遠近近的潮音。

而我們的心呢？似乎已經習慣於一個無聲的世代了。只是，當滿月的清輝投在水面上，細細的潮音便來撼動我們沉寂已久的心，我們的胸臆間遂又鼓盪著激昂的風聲水響！

那是個夏天的中午，太陽曬得每一塊石頭都能燙人。我一個人撐著傘站在路旁等車，而空氣凝成一團不動的熱氣。而漸漸地，一個拉車的人從路的盡頭走過來了。我從來沒有看過走得這樣慢的人。滿車的重負使他的腰彎到幾乎頭臉要著地的程度。當他從我面前經過的時候，我忽然發現有一滴像大雨點似的汗，從他的額際落在地上，然後，又是第二滴。我的心剎那間給抽得很緊，在沒有看到那滴汗以前，我是同情他，及至發現了那滴汗，我立刻敬服他了——一個用筋肉和汗水灌溉著大地的人。好幾年了，一想起來總覺得心情激動，總好像還能聽到那滴汗水擲落在地上的巨響。

一個雪晴的早晨，我們站在合歡山的頂上，彎彎的澗水全被積雪淤住。忽然，覺得故國的冬天又回來了。一個臺籍戰士興奮地跑了過來。「前兩天雪下得好深啊！有一公尺呢！我們走一步就剷一步雪。」我俯身拾了一團雪，在那一盈握的瑩白中，無數的往事閃爍，像雪粒中不定的陽光。

「我們在堆雪人呢，」那戰士繼續說，「還可以用來打雪仗呢！」

我望著他，卻說不出一句話，也許只在一個地方看見一次雪景的人是比較有福的。只是在萬里外的客途中重見兒時的雪，卻是一件悲慘的故事。我抬起頭來，千峰壁立，松樹在雪中固執地綠著。

到達痲瘋病院的那個黃昏已經是非常疲倦了。走上石梯，簡單的教堂便在夕暉中獨立著。長廊上有幾個年老的病人併坐，看見我們一起都站了起來，久病的臉上閃亮著誠懇的笑容。

「平安。」他們的聲音在平靜中顯出一種歡愉的特質。

「平安。」我們哽咽地回答，從來沒有想到這樣簡單的字能有這樣深刻的意義。

那是一個不能忘記的經驗，本來是想去安慰人的，怎麼也想不到反而被人安慰了。一群在疾病中和鄙視中喘延的人，一群無辜的不幸者，居然靠著信仰能笑出那樣勇敢的笑容。至於夕陽中那安靜、虔誠、而又完全饒恕的目光，對我們康健人的社會又是怎樣一種責難啊！

還有一次，午夜醒來，後庭的月光正在漲潮，滿園的林木都淹沒在發亮的波瀾裡。我驚訝地坐起，完全不能置信地望著越來越濃的月光，一時不知道自己究竟是在快樂，還是在憂愁。只覺得身如小舟，悠然浮起，浮向似乎很近又似乎很遠的青天。而微風裡橄欖樹細小的白花正飄著、落著，通往後院的階石在月光下被落花堆積得有如玉砌一般。我忍不住歡喜起來，活著真是一種極大的幸福——這種晶瑩的夜，這樣透明的月光，這樣溫柔的、落著花的樹……。

生平讀書，最讓我感慨的莫過於廉頗的遭遇。在那樣不被見用的老年，他有著多少悽愴的低徊。昔日趙國的大將，今日已是伏櫪的老驥了。當使者來的時候，他為之「一飯斗米，肉十斤，披甲上馬，以示尚可用」的苦心是怎樣的悲哀。而終於還是受了讒言不能擢用，那悲哀就更深沉了。及至被楚國迎去了，黯淡的心情使他再沒有立功的機運。終其後半生，只說了一句令人心酸的話：「我思用趙人。」

想想，在異國，在別人的宮廷裡，在勾起舌頭說另外一種語言的土地上，他過的是一種怎樣落寂的日子啊！名將自古也許是真的不許見白頭吧！當他嘆道：「我想用我用慣的趙人」的時候，又意味著一個怎樣古老、蒼涼的故事！而當太史公記載這故事，我們在二千年後讀這故事的時候，多少類似的劇本又在上演呢？

又有一次讀韋莊的一首詞，也為之激動了好幾天。所謂「溫柔敦厚」應該就是這種境界吧？那首詞是寫一個在暮春的小樓上獨立凝望的女子，當她傷心不見遠人的時候，只含蓄地說了一句話：「千山萬水不曾行，魂夢欲教何處覓。」不恨行人的忘歸，只恨自己不曾行過千山萬水，以致魂夢無從追隨。那種如泣如訴的真情，那種不怨不艾的柔懷，給人極其悽惋低迷的感受。那是一則怎樣古典的愛情啊！

還有一齣崑曲《思凡》，也令我震撼不已。我一直想找出它的作者，曾經請教了我非常敬服的一位老師，他也只說：「詞是極好的詞，作者卻找不出來了，猜想起來大概是民間的東西。」我完全同意他的見解，這樣拔山倒海的氣勢，斬鐵截釘的意志，不是正統文人寫得出來的。

當小尼趙色空立在無人的迴廊上，兩旁列著威嚴的羅漢，她卻勇敢地唱著：「他與咱，咱與他，兩下裡多牽掛，冤家，怎能夠成就了姻緣，就死在閻王殿前，由他把那椎來舂，鋸來解，磨來挨，放在油鍋裡去炸。啊呀，由他。只見活人受罪，那曾見死鬼戴枷。啊呀，由他，火燒眉毛且顧眼下。」接著她一口氣唱著，「那裡有天下園林樹木佛，那裡有枝枝葉葉光明佛，那裡有江湖兩岸流沙佛，那裡有八萬四千彌陀佛。從今去把鐘樓佛殿遠離卻，下山去尋一個年少哥哥，憑他打我、罵我、說我、笑我，一心不願成佛，不念彌陀般若波羅。但願生下一個小孩兒，卻不道是快活煞了我。」

每聽到這一段，我總覺得心血翻騰，久久不能平伏。幾百年來，人們一直以為這是一個小尼姑思凡的故事。何嘗想到這實在是極強烈的人文思想。那種人性的覺醒，那種向傳統唾棄的勇氣，那種不顧全世界鄙視而要開拓一個新世紀的意圖，又豈是滿園嗑瓜子的臉所能了解的？

一個殘冬的早晨，車子在冷風中前行，收割後空曠的禾場蔓延著，冷冷清清的陽光無力照耀著。我木然而坐，翻看一本沒有什麼趣味的書，忽然，在低低的田野裡，一片繽紛的世界跳躍而出。「那是什麼？」我驚訝地問著自己，及至看清楚是一大片雜色的杜鵑，卻禁不住地笑了起來。這種花原來是常常看到的，春天的校園裡幾乎沒有一個石隙不被它占去的呢！在瑟縮的寒流季裡，乍然相見的那份喜悅，卻完全是另外一種境界了。甚至在初見那一片燦爛的彩色時，直覺裡只感覺到一種單純的喜悅，還以為那是一把隨手散開來的夢，被遺落在田間的呢！到底它是花呢？是夢呢？還是虹霓墜下時碎成的片段呢？或者，什麼也不是，只是佛家所說偶然幻化的留影呢？

博物館裡的黃色帷幕垂著，依稀地在提示著古老的帝王之色。陳列櫃裡的古物安靜地深睡了，完全無視於落地窗外年輕的山巒。我輕輕地走過每件千年以上的古物，我的影子映在打蠟的地板上，旋又消失。而那些細膩樸拙的瓷器、氣象恢宏的畫軸、紙色半枯的刻本、溫潤無瑕的玉器，以及微現綠色的鐘鼎，卻凝然不動地閃著冷冷的光。隔著無情的玻璃，看這個幼稚的世紀。

望著那猶帶中原泥土的故物，我的血忽然澎湃起來。走過歷史、走過輝煌的傳統，我發覺我竟這樣愛著自己的民族、自己的文化。那時候，莫名地想哭，彷彿一個貧窮的孩子，忽然在荒廢的後園裡發現了祖先留下來充滿寶物的罈子，上面寫著「子孫萬世，永寶勿替」。那時，才忽然知道自己是這樣富有——而博物院肅穆著，如同深沉的廟堂，使人有一種下拜的衝動。

在一本書上，我看到史懷哲博士的照片。他穿著極簡單的衣服，抱膝坐在一塊大石頭上。背景是一片廣漠無物的非洲土地，益發顯出他的孤單。照畫面的光線看來，那似乎是一個黃昏。他的眼睛在黯淡的日影中不容易看出是什麼表情，只覺得他好像是在默想。我不能確實說出那張臉表現了一些什麼，只知道那多筋的手臂和多紋的臉孔像大浪般，深深地衝擊著我。或許他是在思念歐洲吧？大教堂裡風琴的迴響，歌劇院裡的紫色帷幕也許仍模糊地浮在他的夢裡。這時候，也許是該和海倫在玫瑰園裡喝下午茶的時候，是該和貴婦們談濟慈和尼采的時候。然而，他卻在非洲，住在一群悲哀的、黑色的、病態的人群中，在赤道的陽光下，在低矮的窩棚裡，他孤孤單單地愛著。

我驕傲，畢竟在當代卅二億張臉孔中，有這樣一張臉！那深沉、瘦削、疲倦、孤獨而熱切的臉，這或許是我們這貧窮的世紀中唯一的產業。

當這些事，像午夜的潮音來拍打岸石的時候，我的心便激動著。如果我們的血液從來沒有流得更快一點，我們的眼睛從來沒有燃得更亮一點，我們的靈魂從來沒有昇華得更高一點，日子將變得怎樣灰黯而蒼老啊！

不是常常有許多小小的事來叩打我們心靈的木屋嗎？可是為什麼我們老是聽不見呢？我們是否已經世故得不能被感動了？讓我們啟開每一扇窗門，去諦聽這細細的潮音，讓我們久暗的心重新激起風聲水響！

（一九六六、二、七）

小小的燭光

他的頭髮原來是什麼顏色已經很費猜了，因為它們現在是純粹的銀白。

他的身材很瘦小，比一般中國人還要矮上一截。加上白色的頭髮，如果從後面看上去，恐怕沒有人會想到他是美國人——我多麼希望他不是美國人。每次，當我懷著敬畏的目光注視他，我心裡總羼合著幾分嫉妒、幾分懊惱、幾分痛苦。為什麼，當我發現一個人，稟賦了我所欽慕的諸般美德，而他卻偏偏是一個美國人呢？為什麼在我心底那個非常接近完美的人，竟不屬於我自己的民族？

他已經很老了，聽說是六十七。他看起來也並不比實際歲數年輕。

當然，如果他也學中國老頭的樣子，坐在大躺椅裡抱孫子玩、閒來就和一般年紀的人聊天喝酒、或是戴著老花的眼鏡搓麻將，那麼，他也許看起來不致這麼憔悴吧！

他身上所有的東西大概也都落伍二十年了，細邊的眼鏡、寬腿的褲子、帶著長鍊子的懷錶，以及冬天裡很古怪的西裝。每在走廊上碰面，我總要偷偷地看他幾眼，那些古老的衣物好像是從來也沒有進步的蹟象。我常常懷疑，他究竟藏有多少條這種可笑的褲子？為什麼永遠也穿不完呢？

他頸上的皺褶很深很粗，臉上的皮膚顯然也有掛下來的趨勢。如果要把那些鬆弛的地方重新撐飽滿，恐怕還得三十磅肉呢！他有一個很尖峭的鼻子——那大概就是他唯一不見皺紋的地方了。他的眼光很清澈，稍微有點嚴厲，長方帶尖的臉形襯著線條很分明的薄嘴脣，嘴角很倔強地向下攏著，向裡陷著，使他整個的容貌都顯出一種罕見的貴族氣質。

那年，我是二年級，他就到學校來了。他是來接系主任的。可是他剛來幾天就貼出海報要招募合唱團員了，我當時很從心裡憐憫他，不過也有幾分認為他是太幼稚太不明實況。其實當個系主任就夠忙的了，何苦又自己另找罪受。他所徵來的那批人馬，除了少數幾個，大部分是連五線譜都認不清楚的。每天中午休息的時候，他們就在二樓靠邊的那間教室裡練習。一首歌翻來覆去地唱了有個把月，把每個人的耳朵都聽膩了，他們還是唱不準。後來記不清有一次怎麼樣的集會，他們居然正式登臺了。唱的就是那首人人已經聽夠了的歌。老桑先生急得一面指揮一面用他以前在大陸上學過的蘇州話幫腔，結果還是不理想。其實那次失敗並不意外——甚至我想連他自己也不會覺得有什麼意外的。

意外的是四年後一個美麗的春天晚上。我被邀請坐在學校的大禮堂裡。紫紅絨的帷幕緩緩拉開，燦爛的花籃在臺上和臺下微笑著，節目單很有分量地沉在我的手中，優雅的管弦樂在臺上奏著，和諧的四重唱繚繞而瀰漫。我不能不感到驚訝，我不知道，我真不知道，這些年來，他用的是怎樣的一根指揮棒。

他又是個極仔細的人。那時候學校宿舍還沒蓋好，所有的女生都借住在陽明山腰的一個夏令營地裡。山上的蚊蟲很多，我們經常是體無完膚的。有一次，他到山上來看我們，飯後大家坐在飯廳裡，他的眼睛盯在那兩扇紗門上，看來往的同學怎樣開關它。其實大部分的同學是只管開門不管關門的。許多人只顧走進走出，然後就隨便由自動彈簧去使它合上了。他看了一會，站起來。我還以為他要發表有關生物學的演講呢——他學的是生物——不料他很嚴肅地直走到紗門前。

「知道為什麼會有這麼多的蚊子嗎？」他的眼光四下巡視，沒有人說話，他指著不甚合攏的門說，「門不是這樣關的，這樣一定有縫。」

他重新把門推開，先關好其中第一扇，然後把第二扇緊緊地合上去，最後又用力一拉。紗門合攏了，連空氣都不夾呢！他滿意地微笑，又沉默地退到座位上去了。

我特別喜歡看他坐在書庫裡的樣子。這兩年來，學校不斷地擴充，圖書館的工作不免繁複而艱鉅，要把一個貧乏的、沒有組織、沒有系統的圖書館從頭建設起來，真需要不少的魄力，我真不曉得他為什麼又和這種工作發生了關係。那年我被分到圖書館做工讀生，發現所有的舊次序都需要另編，真讓我不勝驚駭。每次，當我編排書目的時候，他好像總在那裡。安靜地，穿著一身很乾淨的淺顏色衣服，坐在高高的書架下面，很仔細地指導工作。他的樣子很慎重，也很怡然。日子久了，偶然走進書庫如果他不在那裡，我好像也能看見一個銀髮的影子坐在那兒。好幾次，我很衝動地想告訴他那四個字——皓首窮經。但我終於沒有說，用文字去向一個人解說他已經了解、已經踐行的真理，實在有點可笑。

我想他是很孤單的，雖然他那樣忙。桑夫人已經去世多年了，學校裡設了一個桑夫人紀念獎學金。我四年級的時候曾經得到它。那天，他在辦公室見我，用最簡單的句子和我說話。他說得很慢，並且常常停下來，盡可能地思索一個簡單的字彙——後來我漸漸知道這是他和中國人說話的習慣。其實他的蘇州話說得不錯，只是對大多數的學生而言，聽英文還比聽蘇州話容易一些！

「哦，是你嗎？」他和我握手，我忽然難受起來，我使他想起他的亡妻了。我覺得那樣內疚。

「我要一張你的照片，」他很溫和地說：「那個捐款的人想看看你。」

「好，」我漸漸安定下來，「下禮拜我拿給你。」

「我可以付洗照片的錢。」他很率真地笑著。

「不，我要送給你！」

那次以後，我常常和他點點頭，說一句早安或是哈囉。後來我畢業了，仍舊留在學校裡，接近他的機會更多了。我才發現，原來他那清澈中的雙目有一隻是瞎了的！那天我和他坐在一輛校車裡，他在中山北路下車。他們系裡的一個助教慌忙把頭伸出窗外。

「桑先生！」他叫著：「今天坐計程車回去吧，不要再坐巴士了。」

他回過臉來，像一個在犯錯的邊緣被抓到的孩子，帶著頑皮的笑容點了點頭。

「你看，他就是這樣。人病著，還不肯停。」那助教對我說：「並且他有一隻眼已經失明了，還這樣在街上橫衝直撞，叫人擔心。」

我忽然覺得喉頭被什麼哽咽住了，他瞎了一隻眼！難怪他和人打招呼的時候總是那樣遲鈍，難怪他下樓梯的時候顯得那樣步履維艱。他必定忍受了很大的痛苦，什麼都不為，什麼都不貪圖，這是何苦來呢！

「只有受傷者，才能安慰人。」或許這就是上帝准許他盲目的唯一解釋。學生若有了困難，很少不去麻煩他的。常常看他帶著一個學生走進辦公室來，慢慢地說：「這個男孩，他需要幫助。」他說話的時候每每微哈著腰，一隻手搭在那學生的肩膀上。他的眼光透過鏡片，透露出深切真摯的同情——以致讓我覺得他不可能瞎過。他總讓我不由自主地想起一句話：「從來沒有一個人，像屈身幫助一個孩子的人那樣直。」

他所唯一幫不上忙的工作，恐怕就是為想放洋的人寫介紹信了。有一次，吳氣急敗壞地來找我。

「我託錯人了，人家都說我太糊塗，」她說得很快，不容我插嘴，「你知道，人家說凡是請他寫介紹信的，就沒一個申請上。我也沒希望了。我事前一點不曉得，只當他是個大好佬呢！」

「你知道，他也寫得太老實了。唉，這種教徒真是沒辦法，一點謊都不撒。」她接著說，氣勢逐漸弱了，「你說，寫介紹信怎麼能不吹噓呢？何必那麼死心眼？你說，這種年頭……。」

她走後，辦公室裡剩下我一個人。想像中彷彿能看到他坐在斜對面的辦公室裡，面對著打字機，一個字母一個字母地斟酌，要寫一封誠實無訛的介紹信。但他也許永遠不會知道，誠實並不被歡迎。

他的生活很簡單，除了星期天，他總是忙著。有時偶然碰到放假，我到辦公室去看他一眼，他竟然還在上著班，打字機的聲音響在靜靜的走廊上，顯得很單調。

他愛寫一些詩，有幾首刊載出來的我曾經看過，但我猜想那是多年以前寫的了。這些年來，他最喜歡的恐怕還是音樂。他有一架大鋼琴，聲音很好，也很漂亮。放在大禮堂裡，從來不讓人碰。去年夏令會的時候，學音樂的徐逕自跑上去彈，工友急忙跑來阻止，叫他別彈。他很嚴重地叫道：「桑先生聽見要生氣的！」

「彈下去，孩子。」另一個聲音忽然溫和地響起，那雙流露著笑意的眼睛閃著，是桑先生自己來了，「你叫什麼名字，你彈得真好。」

我不由想起那個古老的瑤琴的故事。

後來有次在中山堂聽音樂，徐忽然跑過來，指著前面說：「瞧，那不是你們的老桑先生嗎？他，很可愛。」

「是的，我們的老桑先生，」我不覺吶吶地重複著徐的話，「他很可愛。」

我想，徐已經了解我說的是什麼了。

節目即將開始，我卻不自禁地望著他的背影，那白亮的頭髮，多溝紋的後頸，瘦削的肩膀。我不由想起俄曼在〈青春〉一文中開頭的幾句話：「青春並不完全是人生的一段時光——它是一種心理的狀態。它並不完全指豐潤的雙頰、鮮紅的嘴唇、或是伸屈自如的腿脛。它是堅強的意志、豐富的想像力、旺盛的情感。青春是生命之深泉中的一股新鮮氣質。」我覺得，他是那樣年輕。這時他發現了我，回頭一笑。在那安靜自足的笑容裡，我記起上次院長和我談他的話了：

「你看他說過話嗎？不，他不說話的，他只是埋著頭做事。有一次我問他，『桑先生，你這樣幹下去，如果有一天窮得沒飯吃怎麼辦？』他很鄭重地用蘇州話說：『我喝稀飯。』『稀飯也沒得喝呢？』『我喝開水！』」

我忍不住抵了身旁的德一下。

「這是為什麼呢？德，」我指了指前面的桑先生。「一個人孤零零地，顫巍巍地繞過半個地球。住在另外一個民族裡面，聽另外一種語言、吃另一種食物。沒有享受，只有操勞，沒有聚斂、只有付出。病著、累著、半瞎著、強撐著、做別人不在意的工作。人家只把道理掛在嘴上說說、筆下寫寫，他倒當真拚著命去做了。這，是何苦呢！」

「我常想，」德帶著沉思說，「他就像〈馬太福音〉書裡所說的那種燭光，點著了，放在高處。（上面被燒著，下面被插著）——但卻照亮了一家的人，找著了許多失落的東西。」

燈忽然熄了，節目開始。會場立刻顯得空曠而安靜。臺上的光線很柔和，音樂如潮水，在大廳中迴盪著。而在這一切之中和這一切之外，我看到一支小小的燭光，溫柔而美麗，亮在很高很高的地方。

歸去

終於到了，幾天來白日談著，夜晚夢見的地方。我還是第一次來到這重疊的深山中，只是我那樣確切地感覺到，我並非在旅行，而是歸返了自己的家園。

我已經很久沒有像這次這樣激動過了。剛踏入登山的階梯，就被如幻的奇景震懾得憋不過氣來。我痴痴地站著，雙手掩臉，忍不住地想哭。參天的黛色夾道作聲，粗壯、筆直而又蒼古的樹幹傲然聳立。「我回來了，這是我的家。」我淚水微泛地對自己說，「為什麼我們離別得這樣久？」

一根古藤從危立的絕壁上掛下，那樣悠然地垂止著，好像一點不覺察它自己的偉大，也一點不重視自己所經歷的歲月。我伸手向上，才發現它距離我有多遠。我鬆下手，繼續忘神地仰視那突出的、像是要塌下來的、生滿了蕨類植物的岩石。我的心忽然進入一個陰涼的巖穴裡，渾然間竟忘記山下正是酷暑的季節。

疾勁的山風推著我，我被浮在稀薄的青煙裡。我每走幾步總忍不住要停下來，撫摩一下覆蓋著苔衣的山岩，那樣親切地想到「苔厚且老，青草為之不生」的句子。啊，我竟是這樣熟悉於我所未見的景象，好像它們每一塊都是我家中的故物！

石板鋪成的山徑很曲折，但也很平穩。我尤其喜歡其中的幾段——它們初看時和疊疊的石階並無二致。仔細看去才知道是整塊巨大的山岩被鑿成的。那一稜一稜的、粗糙而又渾厚的雕工表現著奇妙的力，讓我莫名地歡欣起來。好像一時之間我又縮小了，幼弱而無知，被抱在父親粗硬多筋的雙臂裡。

依還落在後面，好幾天來為了計畫這次旅行，我們興奮得連夢境都被擾亂了。而現在，我們已經確確實實地踏在入山的道路上，我多麼慚愧，一向我總愛幻想，總愛事先替每一件事物勾出輪廓，不料我心目中的獅山圖一放在真山的前面，就顯得拙劣而又可笑了。那樣重疊的、迂迴的、深奧蒼鬱、而又光影飄忽的山景竟遠遠地把我的想像拋在後面。我遂感到一種被凌越、被征服的快樂。

我們都坐在濃濃的樹蔭下——峙、茅、依和我——聽蟬聲和鳥聲的協奏曲。抬頭看天，幾乎全被濃得撥不開的樹葉擋住了。連每個人的眉宇間，也恍惚蕩過一層薄薄的綠霧。

「如果有一張大荷葉，」我對峙說：「我就包一包綠回去，調成一盒小小的眼膏。」

他很認真地聽著我，好像也準備參與一件具體的事業，「另外還要採一張小荷葉，包一點太陽的金色，攙和起來就更美了。」

我們的言語被呼嘯的風聲取代，入夏以來已經很久沒有聽過這樣的風聲了。剎那間，億萬片翠葉都翻作複雜的琴鍵，造物的手指在高低音的鍵盤間迅速地移動。山谷的共鳴箱將音樂翕和著那樣鬱勃而又神聖，讓人想到中古世紀教堂中的大風琴。

路旁有許多數不清的小紫花，和豌豆花很相像，小小的，作斛狀，凝聚著深深的藍紫。那樣毫不在意地揮霍著她們的美，把整個山徑弄得有如一張拜占庭的鑲嵌畫。

我特別喜歡而又帶著敬意去瞻仰的，卻是那巍然聳立的峭壁。它那漠然的意態、那神聖不可及的意象，讓我忽然靜穆下來。我真想分沾一點它的穩重、它的剛毅，以及它的超越。但我肅立了一會兒便默然離去了——甚至不敢用手碰它一下，覺得那樣做簡直有點褻瀆。

走到山頂，已是黃昏了。竹林翳如，林鳥啁啾。我從來沒有看過這樣奇特的竹子。這樣粗、這樣高，而葉子偏又這樣細碎。每根竹幹上都覆罩著一層霜狀的白色細末。把那綠色襯得非常細嫩。猛然看去，倒真像國畫裡的雪竹。所不同的，只是清風過處，竹葉相擊，平添了一陣環珮聲。

我們終於到了海會庵。當家師父為我們安頓了住處，就又回廚房削瓜去了。我們在院中盤桓了一會，和另外的遊客交談幾句。無意中一抬頭，猛然接觸到對面的山色。

「啊！」我輕輕叫了一聲，帶著敬畏和驚嘆。

「什麼事？」和我說話的老婦也轉過身去。只見對面的山峰像著了火般地燃燒著，紅豔豔地、金閃閃地，看上去有幾分不真實的感覺，但那老婦的表情很呆滯，「天天日落時都是這樣的。」她說完就走了。

我，一個人，立在斜陽裡，驚異得幾乎不能自信。「天父啊！」我說，「你把顏色調製得多麼神奇啊！世上的舞臺燈光從來沒有控制得這麼自如的。」

吃飯的時間到了，我很少如此餓過。滿桌都是素菜，倒也清淡可愛。飯廳的燈幽暗，有些很特殊的氣氛。許多遊客都向我們打聽臺北的消息，問我們是否有颱風要來。

「颱風轉向好幾天了，現在正熱著呢！」

也許他們不知道，在那個酷熱的城裡，人們對許多可笑的事也熱得可笑。

飯罷坐在廟前，看腳下起伏的層巒。殘霞仍在燃燒著，那樣生動，叫人覺得好像差不多可以聽到火星子的劈啪聲了。群山重疊地插著，一直伸延到看不見的遠方。迷茫的白氣氤氳著，把整個景色渲染得有點神話氣氛。

山間八點鐘就得上床了，我和依相對而笑。要是平日，這時分我們才正式開始看書呢！在通道裡碰見當家師父，她個子很瘦小，臉上沒有一點表情。

「您來這裡多久了？」我說。

「唔，四、五十年了。」

「四、五十年？」我驚訝地望著她，「您有多大年歲？」

「六十多了。」她說完，就逕自走開了。

我原沒有料到她是那麼老了，我以為她還四十呢！她年輕的時候，想必也是很娟秀的。難道她竟沒有一些夢、一些詩、一些痴情嗎？四、五十年，多麼漫長的歲月！其間真的就沒有任何的牽掛、任何眷戀、任何回憶嗎？鐘鼓的聲音從正殿傳過來，低沉而悠揚。山間的空氣很快地冷了，我忽然感到異樣的淒涼。

第二天，依把我推醒，已經四點五十了。她們的早課已畢。我們走出正殿，茅和峙剛好看完了日出回來。原來我們還起得太晚呢！天已經全亮了，山景明淨得像是今天早晨才新生出來的。朝霞已經漂成了素淨的白色，無所事事地在為每一個山峰鑲著邊。

五點多，就開始吃早飯了。放在我面前的是一盤金色的苦瓜，吃起來有一些奇異的風味，依嘗了一口，就不敢再試了。茅也聞了聞，斷定是放了棘芥的葉子。棘芥？我還是第一次聽到。嗅起來有一點類似茴香，嚼起來又近乎芫荽。我並不很喜歡那種味道，但有氣味總比沒氣味好，這些年來讓我最感痛苦的就是和一些「非之無舉、刺之無刺」的人交往。他們沒有顏色、沒有形狀、沒有硬度、而且也沒有氣味。與其如此，何如在清風逡巡的食堂裡，品嘗一些有異味的苦瓜。（這種朋友稱之為棘芥的東西，現在回想起來，應是「九層塔」。）

六點鐘，我們就出發去找水簾洞了。天很冷，露水和松果一起落在我們的路上。鳥兒們跳著、叫著，一點沒有畏人的習慣。我們看到一隻綠頭紅胸的鳥，在凌風的枝頭嚶鳴。牠的全身都顫抖著，美麗的頸子四面轉動。讓我不由想起所羅門王所寫的雅歌：「不要驚動，不要叫醒我所親愛的，等他自己情願。」忽然，從很遠的地方傳來一陣微弱的呼應，那隻鳥就像觸電似的彈了出去。我仰視良久，只是一片淺色的藍天和藹地伸延著。

「牠，不是很有風度嗎？」我小聲地說。

其餘的三個人都笑了，他們說從來沒聽說過鳥有風度的。

轉過幾處曲折的山徑，來到一個很深的峽谷，谷中種了許多矮小的橘樹。想像中開花的季節，滿山滿谷都是香氣，濃郁得叫人怎麼消受呢？幸虧我們沒趕上那個季候，不然真有墜崖之虞呢！

峽谷對面疊著好幾重山，在晨光中幻出奇異的色彩來。我們真是很淺薄的，平常我們總把任何形狀、任何顏色的山都想像作一樣的，其實它們是各自不同的。它們的姿容各異，它們疊合的趣味也全不相像。靠我們最近的一列是嫩嫩的黃綠色，看起來絨絨的、柔柔的。再推進去是較深的蒼綠。有一種穩重而沉思的意味。最遠的地方是透明而愉快的淺藍。那樣豁達、那樣清澄、那樣接近天空。我停下來，佇立了一會，暗暗地希望自己腳下能生出根來，好作一棵永遠屬於山、永遠朝參著山景的小樹。

已是七點了，我們仍然看不見太陽，恐怕是要到正午時分才能出現了。漸漸地，我們聽到淙淙的水聲。溪裡的石頭倒比水還多，水流得很緩慢、很優美。

「在英文裡頭，形容溪水的聲音和形容情人的說話，用的是同樣的狀聲詞呢！」峙說。

「是嗎？」我戀戀地望著那小溪，「那麼我們該說流水喁喁了。」

轉過一條小徑，流水的喁喁逐漸模糊了。一棵野百合燦然地開著，我從來不認為有什麼花可以同百合比擬。它那種高華的氣質、那種脫俗的神韻，在我心裡總象徵著一些連我自己也不全然瞭解的意義。而此刻，在清晨的谷中，它和露而綻開了，完全無視於別人的欣賞。沉默、孤獨、而又超越一切。在那盛開的一朵下面，悲壯地垂著四個蓓蕾。繼第一朵的開放與凋落之後，第二朵也將接著開放、凋落。接著第三朵、第四朵……。是的，它們將連續著在荒蕪的谷中奉獻它們的潔白的芳香。不管有沒有人經過，不管有沒有人了解。這需要怎樣的胸襟！我不由想起王摩詰的句子「澗戶寂無人，絲絲開且落」以及孔子所說的「知其不可而為之」，心情不覺轉變得十分激烈。

水聲再度響起，這是一個狹窄的溪谷，水簾洞已經到了。洞沿上生著許多變種的小竹子，倒懸著像藤蘿植物似的。水珠從上面滴下來，為石洞垂下許多串珠簾。把洞口的土地滴得有些異樣，洞裡頭倒是很乾燥。

溪谷裡有很大的石頭，脫了鞋可以從容地玩玩。水很淺，魚蝦來往優遊。我在石上倚上好一會，發覺才是八點。如果在文明社會裡，一切節目要現在才開始呢！想臺北此刻必是很忙了。黏黏的柏油路上，掛著客滿牌子的汽車又該啣尾急行了。

我們把帶來的衣服洗好，掛在樹枝上。便斜靠著石頭看天空。太陽漸漸出來了，把山巔樹木的陰影繪在溪底的大石頭上。而溪水，也把太陽的迴光反推到我們臉上來。山風把鳥叫、蟬鳴、笑聲、水響都吹成模糊的一片。我忽然覺得自己也被攪在那聲音裡，昏昏然地飄在奇異的夢境之中。真的，再沒有什麼比自然更令人清醒，也再沒有什麼比自然更令人醺然。過了一會，我定神四望，發現溪水似乎是流到一個山縫裡而被夾住了。那山縫看起來漆黑而森嚴，像是藏著一套傳奇故事。啊！這裡整個的景色在美麗中包含著魔術性。

太陽升得很高，溪谷突然明亮起來。好像是平緩的序曲結束了，各種樂器忽然奏起輕柔明快的音響，節拍急促而清晰。又好像是畫冊的晦暗封面被打開了，鮮麗的色彩猝然躍入視線，明豔得叫人幾乎眩昏。坐在這種地方真需要一些定力呢！野薑花的香氣從四面襲來，它距離我們只有一抬手的距離，我和依各採了一朵。那顏色白得很細緻，香氣很淡遠，枝幹卻顯得很樸茂。我們有何等的榮幸，能掬一握瑩白，抱一懷寧靜的清芬。

回來的路上，天漸漸熱了起來。回到庵中，午飯已經開出來了，筍湯鮮嫩得像果汁，四個人把一桌菜吃得精光。

下午睡足了起來看幾頁書，陽光很慵懶，流雲鬆鬆散散地浮著。我支頤長坐，為什麼它們美得這樣閒逸？這樣沒有目的？我慢慢地看了幾行傳記，又忍不住地望著前前後後擁合的青山。我後悔沒有帶幾本泰戈爾或是王摩詰的詩，否則坐在階前讀它們，豈不是等於念一本有插圖注解的冊子嗎？

我們仍然坐著，說了好些傻話。茅偷偷摸摸地掏出個小包，打開一看，竟是牛肉乾！我們就坐在對彌陀佛不遠的地方嚼了起來。依每吃一塊就驚然四顧，唯恐被發現。一路走向飯堂的時候，她還疑心那小尼姑聞到她口中的牛肉味呢。

晚飯後仍有幾分夕陽可看。慢慢地，藍天現出第一顆星。我們沿著昏黑的山徑徐行，因為當家師父過壽，大小尼姑都忙著搓湯圓去了。聽說要到十點才關門，我們也就放心前去。走到一處有石凳的地方，就歇下來看天。這是一個難得的星月皎潔的夜晚，月光如水，淹沒了層巒，淹沒了無邊的夜，明亮得叫人不能置信。看那種揮霍的氣派，好像決心要在一夜之間把光明都拚盡似的。「我擔心明夜不再有月華了。」我喃喃地說，「不會有了，它亮得太過分。」

「不用過慮，」一峙說，「只是山太高太接近月亮的緣故吧！」真的，山或許是太高了，所以月光的箭鏃才能射得這麼準。

晚上回來，圓圓的月亮仍舊在窗框子裡，像是被法術定住了。我忍不住叫依和我一起看，漸漸地，月光模糊了、搖晃了、隱退了，只剩下一片清夢。

早晨起來，沿著花生田去爬山，居然也找到幾處沒有被題名的勝景。我們發現一個很好的觀望臺，可以俯視靈塔和附近的一帶松林。那松林本來就非常高，再加上那份昂然的意象，看來好像從山谷底下一直衝到山峰頂上去了。弄得好像不是我們在俯視它，倒是它在俯視我們了。風很猛，松樹的氣味也很濃烈。迎風長嘯，自覺豪情萬千。

「下次，」峙說，「我們再來找這個地方！」

「恐怕找不著了，」我一面說，一面留戀地大口呼吸著松香，「這樣的曲徑，只能夠偶然碰著，哪裡能夠輕易找到呢？」

真的，那路很難走——我們尋出來的時候就幾乎迷路。

到了庵中，收拾一下，就匆匆離去了。我們都是忙人，我們的閒暇不是偷來的，就是搶來的。

下山的階梯長長地伸延著，每一步都帶我走向更低下的位置。

我的心突然覺得悲楚起來，「為什麼我不能長遠歸家？為什麼我要住在一個陌生多市塵的大城裡？」群山糾結著，蒼色膠合著，沒有一聲回音。

在路旁不遠的地方，峙站著。很小心地用一張棉紙包一片很嫩的新葉，夾進書頁中，然後又緊緊地合上了。我聽見他在唱一首淒美的英文歌：「當有一天，我已年老不愛夢幻。有你，可資我懷念。當有一天，我已年老不愛夢幻。你的愛情仍停留我心間。」

我慢慢地走下去，張開的心頁逐漸合攏了。裡面夾著的除了嫩葉的顏色以外，還有山的鬱綠、風的低鳴、水的弦柱、月的水銀，連同松竹的香氣，以及許多模模糊糊、虛虛實實的美。

那歡聲仍在風的餘韻中迴響著，我感到那本夾著許多記憶的書，已經被放置在雕花的架上了。啊，當我年老，當往事被塵封，它將仍在那裡，完整而新鮮，像我現在放進去的一樣。

我喜歡

我喜歡活著，生命是如此地充滿了悅愉。

我喜歡冬天的陽光，在迷茫的晨霧中展開。我喜歡那份寧靜淡遠，我喜歡那沒有喧譁的光和熱。而當中午，滿操場散坐著曬太陽的人，那種原始而純樸的意象總深深地感動著我的心。

我喜歡在春風中踏過窄窄的山徑，草莓像精緻的紅燈籠，一路殷勤地張結著。我喜歡抬頭看樹梢尖尖的小芽兒，極嫩的黃綠色中透著一派天真的粉紅——它好像準備著要奉獻什麼，要展示什麼。那柔弱而又生意盎然的面目，常在無言中教導我一些美麗的真理。

我喜歡看一塊平平整整，油油亮亮的秧田。那細小的禾苗密密地排在一起，好像一張多絨的毯子，是集許多翠禽的羽毛織成的，它總是激發我想在上面躺一躺的欲望。

我喜歡夏日的永晝，我喜歡在多風的黃昏獨坐在傍山的陽臺上。小山谷裡的稻浪推湧，美好的稻香翻騰著。慢慢地，絢麗的雲霞被浣淨了，柔和的晚星遂一一就位。我喜歡觀賞這樣的布景，我喜歡坐在那舒服的包廂裡。

我喜歡看滿山菅芒，在秋風裡凄然地白著。在山坡上，在水邊上，美得那樣淒涼。那次，劉告訴我他在夢裡得了一句詩：「霧樹蘆花連江白」，意境是美極了，平仄卻很拗口。想湊成一首絕句，卻又不忍心改它。想聯成古風，又苦再也吟不出相當的句子。至今那還只是一句詩，一種美而孤立的意境。

我也喜歡夢，喜歡夢裡奇異的享受。我總是夢見自己能飛，能躍過山丘和小河。我總是夢見奇異的色彩和悅人的形象。我夢見棕色的駿馬，發亮的鬣毛在風中飛揚。我夢見成群的野雁，在河灘的叢草中歇宿。我夢見荷花海，完全沒有邊際，遠遠在炫耀著模糊的香紅──這些，都是我平日不曾見過的。最不能忘記那次夢見在一座紫色的山巒前看日出──它原來必定不是紫色的，只是翠嵐映著初升的紅日，遂在夢中幻出那樣奇特的山景。

我當然同樣在現實生活裡喜歡山，我辦公室的長窗便是面山而開的。每次當窗而坐，總覺得滿几盡綠，一種說不出的柔和。較遠的地方，教堂尖頂的白色十字架在透明的陽光裡巍立著，把藍天撐得高高地。

我還喜歡花，不管是哪一種，我喜歡清瘦的秋菊，濃郁的玫瑰，孤潔的百合，以及幽閑的素馨。我也喜歡開在深山裡不知名的小野花。十字形的、斛形的、星形的、球形的。我十分相信上帝在造萬花的時候，賦給它們同樣的尊榮。

我喜歡另一種花兒，是綻開在人們笑頰上的。當寒冷的早晨我走在巷子裡，對門那位清癯的太太笑著說：「早！」我就忽然覺得世界是這樣的親切，我縮在皮手套裡的指頭不再感覺發僵，空氣裡充滿了和善。

當我到了車站開始等車的時候，我喜歡看見短髮齊耳的中學生。那樣精神奕奕的，像小雀兒一樣快活的中學生。我喜歡她們美好寬闊而又明淨的額頭，以及活潑清澈的眼神。每次看著他們老讓我想起自己，總覺得似乎我仍是她們中間的一個。仍然單純地充滿了幻想，仍然那樣容易受感動。

當我坐下來，在辦公室的寫字枱前，我喜歡有人為我送來當天的信件。我喜歡讀朋友們的信，沒有信的日子是不可想像的，我喜歡讀弟弟妹妹的信，那些幼稚純樸的句子，總是使我在淚光中重新看見南方那座燃遍鳳凰花的小城。最不能忘記那年夏天，德從最高的山上為我寄來一片蕨類植物的葉子。在那樣酷暑的氣候中，我忽然感到甜蜜而又沁人的清涼。

我特別喜愛讀者的信件，雖然我不一定有時間回覆，每次捧讀這些信件，總讓我覺得一種特殊的激動。在這世上，也許有人已透過我看見一些東西。這不就夠了嗎？我不需要永遠存在，我希望我所認定的真理永遠存在。

著。

我把信件分放在許多小盒子裡，那些關切和情誼都被妥善地保存

除了信，我還喜歡看一點書，特別是在夜晚，在一燈熒熒之下。我不是一個十分用功的人，我只喜歡看詞曲方面的書。有時候也涉及一些古拙的散文，偶然我也勉強自己看一些淺近的英文書，我喜歡他們文字變化的活潑。

夜讀之餘，我喜歡拉開窗簾看看天空，看看燦如滿園春花的繁星。我更喜歡看遠處山坳裡微微搖晃的燈光。那樣模糊，那樣幽柔，是不是那裡面也有一個夜讀的人呢？

在書籍裡面我不能自抑地要喜愛那些泛黃的線裝書，握著它就覺得握著一脈優美的傳統，那澀黯的紙面蘊含著一種古典的美。我很自然地想到，有幾個人執過它，有幾個人讀過它。他們也許都過去了，歷史的興亡、人物的更迭本是這樣虛幻，唯有書中的智慧永遠長存。

我喜歡坐在汪教授家中的客廳裡，在落地燈的柔輝中捧一本線裝的崑曲譜子。當他把舊得發亮的褐色笛管舉到脣邊的時候，我就開始輕輕地按著板眼唱起來。那柔美幽咽的水磨調在室中低迴著，寂寞而空蕩，像江南一池微涼的春水。我的心遂在那古老的音樂中體會到一種無可奈何的輕愁。

我就是這樣喜歡著許多舊東西。那塊小毛巾，是小學四年級參加《兒童週刊》父親節徵文比賽得來的。那一角花崗石，是小學畢業時和小曼敲破了各執一半的。那具布娃娃是我兒時最忠實的伴侶。那本毛筆日記，是七歲時被老師逼著寫成的。那兩支蠟燭，是我過廿歲生日的時候，同學們為我插在蛋糕上的……我喜歡這些財富，以致每每整個晚上都在痴坐著，沉浸在許多快樂的回憶裡。

我喜歡翻舊相片，喜歡看那個大眼睛長辮子的小女孩。我特別喜歡坐在搖籃裡的那張，那麼甜美無憂的時代！我常常想起母親對我說：「不管你們將來遭遇什麼，總是回憶起來，你們還有一段快活的日子。」是的，我驕傲，我有一段快活的日子——不只是一段，我相信那是一生悠長的歲月。

我喜歡把舊作品一一檢視，如果我看出已往作品的缺點，我就高興得不能自抑——我在進步！我不是在停頓！這是我最快樂的事了，我喜歡進步！

我喜歡美麗的小裝飾品，像耳環、項鍊和胸針。那樣晶晶閃閃的、細細緻緻的、奇奇巧巧的。它們都躺在一個漂亮的小盒子裡，炫耀著不同的美麗。我喜歡不時看看它們，把它們佩在我的身上。

我就是喜歡這樣鬆散而閒適的生活，我不喜歡精密地分配時間，不喜歡緊張地安排節目。我喜歡許多不實用的東西，我喜歡充足的沉思時間。

我喜歡晴朗的禮拜天清晨，當低沉的聖樂衝擊著教堂的四壁，我就忽然升入另一個境界，沒有紛擾，沒有戰爭，沒有嫉恨與惱怒。人類的前途有了新的光芒，那種確切的信仰把我們帶入更高的人生境界。

我喜歡在黃昏時來到小溪旁。四顧沒有人，我便伸足入水——那被夕陽照得極豔麗的溪水，細沙從我的趾間流過，某種白花的瓣兒隨波飄去，一會兒就幻滅了——這才發現那實在不是什麼白花瓣兒，只是一些被石塊激起的浪花罷了。坐著，坐著，好像天地間都流動著和暖的細流。低頭沉吟，滿溪紅霞照得人眼花，一時簡直覺得雙足是浸在一缽花汁裡呢！

我更喜歡沒有水的河灘，長滿了高及人肩的蔓草。日落時一眼望去，白石不盡，有著蒼莽淒涼的意味。石塊壘壘，把人心裡慷慨的意緒也堆疊起來了。我喜歡那種情懷，好像在峽谷裡聽人喊秦腔，蒼涼的餘韻迴轉不絕。

我喜歡別人不注意的東西，像草坪上那株沒有人理會的扁柏，那株瑟縮在高大龍柏之下的扁柏。每次我走過它的時候總要停下來，嗅一嗅那股清香，看一看它謙遜的神氣。有時候我又懷疑它不是謙遜，因為也許它根本不覺得龍柏的存在。又或許它雖知道有龍柏存在，也不認為偉大與平凡有什麼兩樣——事實上偉大與平凡的確也沒有什麼兩樣。

我喜歡朋友，喜歡在出其不意的時候去拜訪他們。尤其喜歡在雨天去叩濕濕的大門，在落雨的窗前話舊真是多麼美。記得那次到中部去拜訪芷的山居，我永不能忘記她看見我時的驚呼。當她連跑帶跳地來迎接我，山上的陽光就似乎忽然熾燃起來了。我們走在向日葵的蔭下，慢慢地傾談著。那迷人的下午像一闋輕快的曲子，一會兒就奏完了。

我極喜歡，而又帶著幾分崇敬去喜歡的，便是海了。那遼闊，那淡遠，都令我心折。而那雄壯的氣象，那平穩的風範，以及那不可測的深沉，一直向人類作著無言的挑戰。

我喜歡家，我從來還不知道自己會這樣喜歡家。每當我從外面回來，一眼看到那窄窄的紅門，我就覺得快樂而自豪。我有一個家，多麼奇妙！

我也喜歡坐在窗前等他回家來。雖然過往的行人那樣多，我總能分辨他的足音。那是很容易的，如果有一個腳步聲，一入巷子就開始跑，而且聽起來是沉重急速的大闊步，那就準是他回來了！我喜歡他把鑰匙放進門鎖中的聲音，我喜歡聽他一進門就喘著氣喊我的英文名字。

我喜歡晚飯後坐在客廳裡的時分。燈光如紗，輕輕地撒開。我喜歡聽一些協奏曲，一面捧著細瓷的小茶壺暖手。當此之時，我就恍惚能夠想像一些田園生活的悠閒。

我也喜歡戶外的生活，我喜歡和他並排騎著自行車。當禮拜天早晨我們一起赴教堂的時候，兩輛車子便並馳在黎明的道上。朝陽的金波向兩旁濺開，我遂覺得那不是一輛腳踏車，而是一艘乘風破浪的飛艇，在無聲的歡唱中滑行。我好像忽然又回到剛學會騎車的那個年齡，那樣興奮，那樣快活，那樣唯我獨尊——我喜歡這樣的時光。

我喜歡多雨的日子。我喜歡對著一盞昏燈聽簷雨的奏鳴，細雨如絲，如一天輕柔的叮嚀。這時候我喜歡和他共撐一柄舊傘去散步。傘際垂下晶瑩成串的水珠——一幅美麗的珍珠簾子。於是傘下開始有我們寧靜隔絕的世界，傘下繚繞著我們成串的往事。

我喜歡在讀完一章書後仰起臉來和他說話，我喜歡假想許多事情。

「如果我先死了，」我平靜地說著，心底卻泛起無端的哀愁，「你要怎麼樣呢？」

「別說傻話，你這憨孩子。」

「我喜歡知道，你一定要告訴我，如果我先死了，你要怎麼辦？」

他望著我，神色愀然。

「我要離開這裡，到很遠的地方去。去做什麼，我也不知道，總之，是很遙遠很蠻荒的地方。」

「你要離開這屋子嗎？」我急切地問，環視著被布置得像一片紫色夢谷的小屋。我的心在想像中感到一種劇烈的痛楚。

「不，我要拚命去賺很多錢，買下這棟房子。」他慢慢地說，聲音忽然變得很悽愴而低沉：

「讓每一樣東西像原來那樣被保持著。哦，不，我們還是別說這些傻話吧！」

我忍不住清淚泫然了，我不明白，為什麼我喜歡問這樣的問題。

「哦，不要痴了，」他安慰著我，「我們會一起死去的。想想，多美，我們要相偕著去參加天國的盛會呢！」

我喜歡相信他的話，我喜歡想像和他一同跨入永恆。

我也喜歡獨自想像老去的日子，那時候必是很美的。就好像夕暉滿天的景象一樣。那時候再沒有什麼可爭奪的，可留連的。一切都淡了，都遠了，都漠然無介於心了。那時候智慧深邃又明澈，愛情漸漸醇化，生命也開始慢慢蛻變，好進入另一個安靜美麗的世界。啊，那時候，那時候，當我抬頭看到精金的大道，碧玉的城門，以及千萬只迎接我的號角，我必定是很激動而又很滿足的。

我喜歡，我喜歡，這一切我都深深地喜歡！我喜歡能在我心裡充滿著這樣多的喜歡！

張曉風作品集 10

地毯的那一端

作者	張曉風
責任編輯	陳逸華
發行人	蔡文甫
出版發行	九歌出版社有限公司
	臺北市105八德路3段12巷57弄40號
	電話／02-25776564・傳真／02-25789205
	郵政劃撥／0112295-1
九歌文學網	www.chiuko.com.tw
印刷	晨捷印製股份有限公司
法律顧問	龍躍天律師・蕭雄淋律師・董安丹律師
初版	2011年6月
初版5印	2018年5月

（本書曾於1966年由文星書店、1978年由香港基督教文藝出版社印行）

定價 **280元**

書號 0110110

ISBN 978-957-444-750-3

國家圖書館出版品預行編目資料

地毯的那一端 / 張曉風作. – 初版. --
臺北市：九歌, 民100.06

面；　公分. -- (張曉風作品集；10)

ISBN 978-957-444-750-3(平裝)

855　　　　　　99026747